Les Femmes de Rimbaud

GRAIN D'ORAGE

DU MÊME AUTEUR

La France frénétique de 1830, Phébus, 1978

Le Champ d'écoute, essais critiques, La Baconnière, 1985

Pétrus Borel, un auteur provisoire, Presses universitaires de Lille, coll. « Objet », 1986

Ni même, préface de Jean Tortel, Ubacs, 1986

La Littérature fantastique, P.U.F., coll. « Que sais-je ? », 1990

La Poésie et ses raisons, essais critiques, José Corti, 1990

Aujourd'hui de nouveau, Ubacs, 1990

Arthur Rimbaud. Une question de présence, Tallandier, 1991

Chute libre dans le matin, poèmes, Le Castor Astral, 1994

André Breton et les surprises de l'Amour fou, P.U.F., « Le texte rêve », 1994

Signets, José Corti, 1996

Le Mois de janvier, récit, Le Castor Astral, 1996

Stéphane Mallarmé - L'absolu au jour le jour, Fayard, 1998

JEAN-LUC STEINMETZ

Les Femmes de Rimbaud

ZULMA

Grain de beauté, de folie
Ou de pluie…
Grain d'orage – ou de serein –
<small>TRISTAN CORBIÈRE</small>

Les Femmes de Rimbaud
a été publié sur l'invitation
de Jean-Michel Espitallier.

« heureux comme avec une femme »

Arthur RIMBAUD, *Sensation*

« [...] La femme n'ex-siste pas. Mais qu'elle n'ex-siste pas, n'exclut pas qu'on en fasse l'objet de son désir. Bien au contraire, d'où le résultat. »

Jacques LACAN, *Télévision*.

Préface

L'homosexualité de Rimbaud semble chose admise. Quant aux relations conflictuelles ou complices qu'il entretint avec sa mère ou ses sœurs, Vitalie et Isabelle, elles ont fait couler beaucoup d'encre. Peut-être trop ! Mais on a vite oublié que Rimbaud dans son œuvre évoque à maintes reprises des femmes – et cela dans des termes qui sont loin d'être uniquement satiriques et négatifs ; de même, il n'est pas dit que la présence bien réelle de femmes (ou de jeunes filles) n'ait pas marqué passagèrement certains temps de son existence.

Le titre de ce livre est donc moins provocateur qu'il n'y paraît, puisque, loin de m'égarer dans des opérations romanesques douteuses, j'ai choisi d'observer avec rigueur aussi bien des figures féminines décrites ou suggérées dans les textes que les quelques vraies femmes que laissent deviner plusieurs documents (témoignages ou lettres).

Si les « alertes fillettes » des premiers poèmes se dégradent vite en risibles « petites amoureuses », il n'en demeure pas moins que le Rimbaud communard dénonce « l'infini servage de la femme » et que ses Déserts de l'amour constituent un admirable carnet de jeune homme rêvant à des partenaires féminines, tout comme les poèmes en prose de ses Illuminations réinventent de fabuleuses entités de l'autre sexe.

La vie de Rimbaud fut également aimantée d'énigmes à visages de femmes : « camarades », « mendiantes », mystérieuses rencontres – qu'elles aient pour nom Blanche, Henrika, la veuve de Milan ou Mariam l'Abyssine, autant de compagnes hypothétiques trop souvent passées sous silence par les spécialistes eux-mêmes.

Les Femmes de Rimbaud ne souhaite pas détruire l'image bien connue du poète homosexuel, mais cherche à montrer que, loin d'être pour lui un objet de répulsion ou de mise à l'écart, la femme représenta une réalité (et une fiction), parfois attirante, parfois ironisée. Tenir compte de cette réalité tend à modifier la perception que nous avons de lui et permet de comprendre mieux ses contradictions, son projet, son existence.

I

Les petites amoureuses

La petite enfance de Rimbaud s'est déroulée dans un milieu déficitaire : l'amour y manquait. La mère (la femme, le modèle féminin), la Vitalie Cuif aux yeux bleus, s'y confondait avec l'action d'enfanter : « monceau d'entrailles », dira plus tard Rimbaud. Elle occupait, en outre, la place de l'éducateur, tenant en main, pour l'éternité, « le livre du devoir », alors que cette fonction aurait dû revenir au père. Mais celui-ci, le capitaine, un blond au regard clair, était loin, aux armées. Le père, dans la pensée du petit Rimbaud, dans la formation de ses premiers affects, ne pouvait que coïncider avec un être symbolique, une simple désignation presque dépourvue de substance. C'est dire qu'il existait seulement dans le langage maternel, comme existaient en cette parole des noms de lieu pour l'identifier – pays : la Crimée, ou villes de garnison : Grenoble, Lyon, Strasbourg,

13

Cambrai. Face à quoi l'on peut poser un ordre de la réalité, signifié par Charleville, Roche, les Ardennes, la famille (amputée de son géniteur), et, bien entendu, la femme. Quelle qu'ait été l'importance de Frédéric le frère aîné (et tout prouve qu'elle fut des plus négligeables), la femme est bien présente, voire envahissante, dans le monde du jeune Rimbaud, dominé par sa mère et entouré des petites sœurs, Vitalie et Isabelle, les « fillettes » du tardif poème *Mémoire* (il date de 1872) qui, très vraisemblablement, transpose une scène ancienne. Berrichon, gendre de Madame Rimbaud et futur biographe du poète, estimait que ces vers redisaient la première fugue de l'intrépide Jean-Arthur. Pensons plutôt qu'ils expriment le départ du père, bien désigné dans le texte par « l'Homme », tout comme « Elle » renvoie nettement à l'Épouse. Le mystère de la chambre conjugale y est même évoqué : le « saint lit », et – il va de soi – les enfantements, par l'opération ou non du Saint Esprit ! Il en résulte, dans ce *Mémoire*, un quelqu'un, une première personne, un Rimbaud qui dit « je » et se montre sur l'eau, dans une barque, attaché « à quelle boue », mais voulant saisir une fleur bleue ou une fleur jaune presque à sa portée. Étrange triangle ! Or – Rimbaud le précise bientôt – il ne saurait toucher l'une ni

14

l'autre, comme si, produit d'un amour biffé, il était empêché d'atteindre quelque amour que ce soit. À sa façon, Rimbaud *se* comprend dans ce poème, et donne des raisons pour qu'on le comprenne. Il s'assigne à résidence dans une certaine impossibilité. Figurativement, il expose l'impossibilité, présente ou future, de ses histoires d'amour. La scène traumatique est donnée comme vérité première en deçà de laquelle on ne peut remonter. Elle est également le récit indépassable par lequel il demeurera fixé à la boue, exactement comme, plus tard, son *Bateau ivre* revient à une flache. *Le Bateau ivre* s'adresse à des enfances, et l'enfance de Rimbaud se tient autant comme un lest que comme une réserve de merveilles. Tout était donc perdu dès le départ. Sans abonder dans le sens d'une fatalité freudienne, on peut penser que Rimbaud n'a pas lu sans frémir la page de *Notre-Dame de Paris* que Hugo consacre au vocable grec *Ananké*, le Destin. Plus tard, au Harar, l'un de ses maîtres mots, emprunté au *Coran*, sera le fameux *Mekhtoub* de l'Islam : « C'était écrit. » À travers toute son activité se perçoit, à côté des perpétuels éclairs d'une volonté dangereuse, une non moins permanente résignation, comme s'il se savait agi par des forces premières, une loi de pesanteur affective.

Personne, du reste, pour mieux se connaître soi-même. Aussi, à peine entré dans l'adolescence, il trace dans les quelque cent vers rétrospectifs de ses *Poètes de sept ans* un portrait de lui, au passé déjà, d'un vérisme forcené (on est loin du même essai symbolique écrit par Baudelaire dans *Bénédiction*) : emprise de la mère, jeux d'enfants, mais aussi rejet du christianisme, de la faute, goût de la fraternité, éveil de l'imaginaire. S'il faut lire en ces pages une réelle remontée du souvenir, on y remarque d'abord les premiers troubles sexuels. Le poème se développe sur fond d'humeurs ou d'odeurs corporelles. Rimbaud avance dans l'inavouable : ... les latrines, les enfants pauvres « puant la foire », l'excrément... Les pissotières forment un lieu rimbaldien où il est enfin tranquille, comme dans les cabinets de la cour, au 73, rue Bourbon ou au 5 bis quai de la Madeleine. L'odeur du corps, du mystère des corps, des endroits cachés sous les jupes, cul et sexe, renvoie à la nudité première, à la liberté. La liberté, elle existe dans la « Prairie », à laquelle il accole les mots « pubescence d'or », ce qui nous découvre une sorte de mère naturelle exposant aux hommes conquérants sa fécondité féminine, *l'Origine du Monde* de Courbet ! Il crée par déplacement – dirait un psychanalyste – un paysage de désir à partir du simple matériau de romans d'aventure, *la Prairie* de Fenimore Cooper, précisément. Le Grand Ouest américain s'offre comme un continent vierge et Rimbaud l'imagine peuplé d'aventuriers qui sont partis en quête de ce corps et qui exultent à la pensée d'y trouver enfin la « Liberté ravie », c'est-à-dire dérobée désormais aux êtres de l'Europe qu'enferme un monde végétatif guetté par la névrose.

Dans ce même poème, Rimbaud évoque des jeux qui prennent une tournure singulière. Il est permis de penser qu'il rappelle, à cette occasion, les émois de son désir naissant. À bien y regarder, on s'aperçoit que celui-ci passait par le relais de la lecture et de l'écriture. Des livres donc : Cooper (on l'a dit), Gabriel Ferry, Gustave Aymard. Et pour les images de femmes, des « journaux illustrés où, rouge, il regardait / des Espagnoles rire et des Italiennes ». Rimbaud, s'il faut le croire, découvre la beauté des femmes et l'attirance qu'elles exercent non par la présence de celles qui l'entourent (Madame Rimbaud n'engage pas aux effusions érotiques ! et les sœurs sont de petites filles « mièvres » déjà confites en dévotion, de bonnes élèves des religieuses du Saint Sépulcre), mais des représentations auxquelles il sait insuffler un semblant de vie. Ce sont des êtres exotiques, des filles méridionales, des Colomba, des Graziella, des Esmeralda, à demi dénudées, brunes, rieuses, promettant le bonheur. Il en peuple les nombreux romans qu'il invente à ce moment-là. Elles deviennent ses héroïnes. En pensant à elles il rougit. Honte et pudeur. Comme si leur seule évocation équivalait à une union amoureuse.

Juste après en avoir parlé, il narre, avec une franchise inégalée jusqu'à lui, une première expérience un peu scabreuse :

> Quand venait, l'œil brun, folle, en robes
> [d'indiennes,
> – Huit ans, – la fille des ouvriers d'à côté,
> La petite brutale, et qu'elle avait sauté,
> Dans un coin, sur son dos, en secouant ses tresses,
> Et qu'il était sous elle, il lui mordait les fesses,
> Car elle ne portait jamais de pantalons ;
> – Et, par elle meurtri des poings et des talons,
> Remportait les saveurs de sa peau dans sa chambre.

À l'âge de sept ans, Rimbaud habitait rue Bourbon, dans un quartier populaire où vivaient précisément des ouvriers. Madame Rimbaud était navrée de cette promiscuité. Personnellement, je ne doute pas que « la petite brutale » ait existé. Avec un peu de patience (et il est de braves limiers pour cela) on pourrait retrouver son nom, son prénom. « L'œil brun », dit Rimbaud. On imagine une fille d'immigrés, comme il y en avait tant alors dans le Nord de la France : Espagnols, Italiens. Elle a les cheveux longs, selon l'habitude de l'époque, des tresses, une robe d'indienne. Pour la rime visuelle, Rimbaud s'est obligé à mettre ce mot au pluriel, ce qui ne veut plus rien dire, ou plutôt, inévitablement, en dévie le sens. Du coup, on n'a plus affaire à une étoffe particulière dont se vêtait surtout le milieu pauvre, mais à une robe portée par les Indiennes ! Les « indiennes » (avec minuscule) rimant avec les « Italiennes ». Nous sommes entraînés loin du quartier. « La vraie vie est ailleurs » ! La « petite brutale » dresse au seuil de la vie sentimentale de Rimbaud (celle qu'il veut bien se donner ici) une éphémère idole féminine, capricieuse, espiègle, impérieuse. L'absence de pantalons, précisée dans un vers aussi plat que ceux du bon François Coppée dans ses *Intérieurs*, n'est sans doute pas à mettre au compte d'une nudité volontaire. On est tout simplement dans un quartier où les fillettes ne portent pas toujours de dessous. Bien entendu, ça n'est pas sans conséquences. Le jeu d'enfant se transforme en rapports sensuels prématurés et, par la suite, en échange de coups ; les violences plus ou moins vraies simulent inconsciemment les ébats d'un couple faisant l'amour. Pour confirmer ces jeux à la fois innocents et pervers, on n'a qu'à se reporter au fameux cahier d'écolier du Rimbaud de dix ans. On y voit une petite fille. Simplement, on ne peut pas savoir si c'est l'une des sœurs ou « la fille des ouvriers d'à côté ». Un dessin la représente juchée sur une chaise attachée à la poignée d'une porte. Le garçon lui dit : « Tin-toi d'une min. » Dans l'imagination de Rimbaud (on a le droit d'en parler, puisqu'il en parle) continuera de figurer cette enfant de huit ans dont, par la mémoire, il hume encore la chair proche des cuisses et du sexe, une chair interdite. Une telle émotion trouve d'ailleurs son immédiat aboutissement dans le poème ; littéralement, elle s'y déverse, jouit solitaire dans la chambre où il se renferme en songeant à la conquête d'un autre corps : « fleurs de chair », nous dit-il (comme Mallarmé comparera le mot même d'Hérodiade à la « chair de la femme »), « ciels ocreux », où il convient d'entendre non seulement la couleur ocre, mais le réceptacle, le *creusement* que multiplient les sonorités accumulées : « âcrement », « écroulements », « écrue ». La scène demeure, photographiée dans la mémoire. La petite fille le domine par jeu plus que par malice ; car on la sent presque innocente de ce qu'il évoque, alors qu'en lui s'éveille un désir qu'il « remporte », qu'il conserve jalousement, pour le faire éclater dans la chambre, à l'abri des regards, toutes persiennes fermées.

Rimbaud l'onaniste ? Oui, bien sûr. Il est possible de voir ses vertes masturbations dans *les Poètes de sept ans*, mais en forçant le texte, en le poussant à bout. En revanche, dans l'*Album zutique* auquel il participera en 1871, peu après que Verlaine l'accueille à Paris, il compose ses *Remembrances du vieillard idiot* où il conte en termes presque analytiques la vie et surtout les « foutaises » d'un véritable débris humain. Avec une étrange impudeur – mais c'est le vieillard idiot qui est censé parler – il rappelle les troubles de l'enfance, la chemise de la mère à l'aigre senteur, « sa cuisse de femme mûre », « ses seins très gros où plisse le linge », « la petite sœur » qu'il regarde pisser au retour de l'école... Et l'idiot mentionne aussi son père : « un père est troublant », et le pantalon de celui-ci dont il désire ouvrir la fente « pour avoir le bout gros, noir et dur »... Le ton est parodique (c'est un poème du genre « Vieux Coppée », par lesquels les Zutistes se moquaient d'une poésie platement vouée au quotidien le plus terne), ce qui rend d'autant plus délicate la lecture qu'on en fait. André Breton voyait dans ce texte tardivement découvert un faux. Il s'est trompé. Rimbaud, avec un bizarre souci du détail, agence cette histoire et il énumère tous les émois auxquels la promiscuité familiale peut exposer un enfant. Les troubles que causent le père ou la mère se valent ; la lèvre d'en bas de la petite sœur entrevue attire ou sidère autant que « le bout noir et dur ». À la fin, ce Rimbaud-Coppée-Vieillard idiot appelle de ses vœux une singulière « chancelière bleue ». « Reprenez la chancelière bleue / Mon père », dit-il. J'avoue n'avoir aucune lumière sur cette chancelière. À l'époque, le mot désignait une sorte de petit meuble bas pour se tenir les pieds au chaud. Le sens serait plus clair si l'on voyait là une femme dans la fonction de chancelière. Mais ce sens fait défaut ; aucun dictionnaire ne l'atteste.

Aux alentours de ses quinze ans, Rimbaud donne ses premiers grands textes de création. Si, à ce moment-là, un quelconque objet d'amour n'apparaît pas nettement dans sa vie, rien n'indique en tout cas qu'il éprouve un penchant particulier pour les garçons. Tout prouve, au contraire, qu'il est du nombre des adolescents qu'attirent les jeunes filles. Ses poésies de 1870 sont claires sur ce point – qu'elles souhaitent s'inscrire dans une tradition ou prétendent restituer un semblant d'expérience vécue. Avec un peu de sensibilité et d'intuition, il est relativement facile de recréer l'univers mental et physique dans lequel il vivait alors. Au collège de Charleville où il était entré à l'âge de dix ans, Rimbaud certes devait subir la présence des séminaristes qui suivaient certains cours en même temps que les laïcs. Il évoluait là dans un milieu de jeunes gens et de prêtres parfois soupçonnés de pédérastie. Loin d'avoir trouvé des charmes équivoques à une telle situation, il semble en avoir éprouvé un profond dégoût. C'est du moins ce qu'exprime le plus long texte satirique en prose qu'il ait jamais composé, *Un cœur sous une soutane*, où il dénonce le comportement si particulier de plusieurs ecclésiastiques, du supérieur notamment : « [...] il me mettait la main sur l'épaule, autour du cou, et ses yeux devenaient clairs, et il me faisait dire des choses sur cet écartement des jambes... Tenez, j'aime mieux vous dire que ce fut dégoûtant, moi qui sais ce que cela veut dire, ces scènes-là... » À quinze ans, Rimbaud, comme son piètre séminariste Léonard, n'ignore pas l'existence des pratiques homosexuelles couramment répandues dans le milieu des internats (Isidore Ducasse en aura plus que lui l'expérience), mais de telles manières lui répugnent, et il tente de convertir, risiblement il est vrai, son Léonard aux bienfaits non moins suspects du conjugo. Aux yeux de Rimbaud, les prêtres sont tous des Tartufe dissimulant leur nudité crasseuse et libidineuse sous leurs soutanes tachées de graisse. Il les associe à l'excrément dans son poème *Accroupissements*.

À côté de l'univers moutonnier du collège et du petit séminaire, il savait fort bien, en revanche, qu'existait un autre monde, celui de l'amour sensuel, que détiennent les femmes. Il en était évidemment pour lui de plusieurs espèces : les jeunes filles réelles, et puis les héroïnes de romans et surtout les figures célébrées par les poètes, les idoles mythologiques. Rimbaud découvre en même temps les Parnassiens et Baudelaire, c'est-à-dire aussi bien des images pures, presque marmoréennes, de la femme exquisément symbolisée par Vénus, que les cruelles courtisanes baudelairiennes, noirs démons et nocives tentatrices. Car le réel pour Rimbaud consiste moins dans les quelques fillettes qu'il croise en allant au collège que dans ces modèles poétiques dont il fait sa provende quotidienne. Des Vénus, des Astartés, des Cybèles, des houris, des bayadères, des sorcières, des déesses, tout un sérail à domicile, un peu vieux jeu, certes, par lequel il supplée au réel infiniment pauvre, et forme de la poésie.

Quand il entre en classe de rhétorique et commence à intéresser son nouveau professeur,

Georges Izambard, arrivé en janvier 1870, il a en tête une certaine idée du poème, qui équivaut d'abord pour lui à la liberté. Écrire, c'est être libre. C'est un moyen aussi pour répliquer par une création vivante au monde exsangue de Charleville, à tous ces sous-vivants qui l'entourent, alors que lui frémit de désirs. Pratique solitaire, l'écriture répand abondamment une semence mentale. Ce qu'il imagine, en tout cas, ce sont des femmes. Traditionnellement le poète s'adresse à la Muse. C'est ce que fait son pitoyable séminariste célébrant une plate Égérie, Thimothina Labinette. En attendant d'en trouver une pas trop risible, une *correspondante*, au fond, une vraie lectrice, Rimbaud invoque certaines images et d'abord, bien entendu, Vénus. Aucune originalité de sa part, dans ce choix, sinon sa décision bien affichée d'opposer la toute-puissante vérité de la chair au triste corps du crucifié, à la religion, aux hommes de Dieu. Soleil ou vérité solaire, Vénus-Cybèle, contre le noir des soutanes et l'ombre des églises. Nudité contre hypocrisie. Célébrer la femme revient, en ce cas, à choisir une poétique de la beauté, et c'est, pour simplifier, élire le Parnasse et non plus le romantisme aux relents d'ombre et d'occultisme, prendre parti pour un naturisme idéal.

Dès 1870, il fait passer un grand souffle de vie sur ces divinités un peu figées, sorties, grâce aux prestidigitations d'un Leconte de Lisle ou d'un Banville, des vieux dictionnaires de mythologie, le *Chompré* et autres, et des auteurs gréco-latins. Il en fait une affaire très actuelle. Son érotisme se place sous le règne d'une divinité mère, « fleur de chair » au « nombril rose ». Il prend ainsi une belle revanche sur « la mère du devoir » quand il nous montre Cybèle, la Grande Mère naturelle, et son cortège. *Soleil et Chair* est à la fois un exercice supérieur (le futur Credo des poètes qui rejetteront le *Credo in unum* chrétien pour un voluptueux *Credo in unam*) et une façon de faire défiler tout un ensemble d'odalisques. Rimbaud, quand il proclame ce retour aux origines, aux premiers temps paniques, au printemps du monde, vit son propre printemps. Et il entonne une adoration du corps humain qui passe – il faut bien le souligner – par un attrait explicite pour le corps féminin. Rien qui signale en lui un quelconque émoi pour les garçons à un âge où précisément se fait le choix de l'objet d'amour. *Les Chants de Maldoror*, eux, contiennent, répétées, l'histoire d'une quête homosexuelle et la passion exclusive pour des adolescents, qui tous ont moins de vingt ans. Pour Rimbaud, en revanche, en ce début de l'année 1870, la femme,

26

dans le texte du moins, propose un modèle de la Beauté et nourrit les désirs. Certes, il réacclimate des noms de personnages déjà célébrés par les Parnassiens : Aphrodité la Kallipyge, Ariadné, Europé, Cypris, Séléné. Il est surtout intéressant de le voir animer ces beaux corps de marbre. Il présente des êtres presque vivants, Cypris « cambrant les rondeurs splendides de ses reins » et qui étale fièrement

l'or de ses larges seins
Et son ventre neigeux brodé de mousse noire.

Une odalisque en mouvement, livrée par une exhibition de mots : cambrure, étalement, striptease, en somme, avec, significatif supplément que les Parnassiens préféraient passer sous silence, la toison du pubis.

Quant aux amours véritables de Rimbaud, les documents faisant défaut, le texte seul parle, prioritairement, et permet d'induire quelque réalité vitale. Si l'on prend, par exemple, ce *Soleil et Chair* qui est l'un de ses premiers poèmes connus, il est bien certain que l'auteur n'a jamais croisé ni Ariane ni Cypris ; mais avec un matériel de choses vues, il a pu les former d'une façon spécifique : la rondeur des reins, les seins larges, la mousse noire du ventre constituent des traits érotiques, qui expriment son trésor personnel de fantasmes, peut-être captés d'un coup d'œil, par vision interposée. Face à ces déesses ou à ces superbes mortelles obstinément nues, il s'est d'ailleurs essayé à l'image chaste, purifiée, celle d'Ophélie. À l'origine, un sujet de composition en vers latins donné par Izambard. Rimbaud dans le texte tutoie la jeune fille et se projette dans la personne du « beau cavalier pâle » qui s'éprend d'elle. *Ophélie* propose une vision très épurée de la libido amoureuse. On y relève toutefois des hardiesses. Elle a beau être enveloppée de longs voiles, on atteint cependant l'intimité de son corps, son « sein d'enfant » brisé par l'immensité de l'amour et le râle des mers. Ophélie qui se noie n'est que fusion, effusion. Elle se noyait déjà dans son Hamlet :

> Tu te fondais à lui comme la neige au feu.

Parmi ces premiers poèmes, il en est un toutefois, *Vénus anadyomène*, qui témoigne d'une profonde aversion pour le corps féminin – premier règlement de compte avec les Parnassiens et avec leurs Vénus imputrescibles, et autre regard porté sur ce qui, jusqu'à maintenant, semblait constituer le modèle incontesté du Beau. *Vénus anadyomène*, « celle qui sort du bain » ; le titre est volontairement archaïque, il met en valeur une épithète homérique, alors que Rimbaud traite d'une réalité moderne. La Vénus sortant de l'onde aurait dû renvoyer à l'Aphrodité marine, objet de l'acte de foi de *Soleil et Chair*. Or voici un sonnet qui se plaît à défigurer systématiquement le type conventionnel. Cette Vénus « amochée » surprend, sitôt décrite sous la plume de Rimbaud. Car l'autographe donné à Izambard porte bien la date du 27 juillet 1870. Est-ce par simple dépit qu'il a composé ce texte de laideur, pour se venger en aparté de la réponse que lui avait adressée Banville qui, tout en admirant *Soleil et Chair*, l'avait gentiment éconduit, en lui disant qu'il était trop tard pour le publier dans *Le Parnasse contemporain* ? Alors, il enlaidit à plaisir l'image de la femme. Mais ce geste éphémère ne saurait prouver qu'il repoussait désormais l'éternel féminin. Ce serait plutôt là un coup pour coup ; et il faudra attendre encore un an avant le saccage définitif que contient *Mes Petites Amoureuses*. Que penser en définitive de cette Vénus tatouée, aux cheveux gras, qui sort de sa baignoire, montre ses fesses plates et porte « un ulcère à l'anus » (« anus » / « Vénus », l'une des rimes les plus scandaleuses de la langue française…) ? Soyons net. Il n'existe pas de motif clair pour expliquer cette répulsion. D'autant que les précédents poèmes et ceux qui suivront envisagent des aventures féminines en toute bonne conscience, sans particulier persiflage. Cette « mise en boîte » ou « sortie du bain » très hardie coïncide assurément avec le goût d'une esthétique paradoxale. Celle du Baudelaire d'*Une charogne*. On ignore quand Rimbaud lut pour la première fois Baudelaire. Peut-être avant l'arrivée d'Izambard, qui lui passa *les Fleurs du Mal*. Il avait pu en savourer une quinzaine de poèmes dans une livraison du *Parnasse contemporain* de 1866 que lui avait prêtée Labarrière. En outre, il avait lu le très bizarre Albert Glatigny, l'auteur des *Flèches d'or*, des *Vignes folles* ; et quand il compose sa *Vénus anadyomène* il accommode un poème de celui-ci, *Les antres malsains*, où l'on trouve précisément des portraits de pensionnaires de maisons closes. Y avait-il des maisons closes à Charleville ? Il existe en tout cas aux archives de la ville un dossier de police à ce sujet (coté 1 J-60). Mais je vois mal Rimbaud tout jeunot, et qui n'avait pas un seul « rond de bronze », fréquenter prématurément de tels établissements. Cependant on en parlait, surtout au collège. Pensons à *l'Ange bleu* de Fritz Lang et d'Heinrich Mann. Les collégiens rêvaient de se déniaiser, entre deux compositions de vers latins où parfois ils louaient les charmes de Vénus, quand ils ne dévoyaient pas malproprement Lucrèce ou Virgile : «*Venus certe quis illa tremens...*» !

Soleil et Chair datait du printemps 1870 ; il fut peut-être composé antérieurement. La *Vénus anadyomène* est donnée en juillet à Izambard. Entre-temps, Rimbaud a écrit plusieurs poèmes « réalistes », c'est-à-dire dotés d'un certain coefficient de réalité biographique et qui laisseraient présumer quelque aventure amoureuse vraie. Tout cela reste limité, aléatoire ; mais enfin, ces textes sont d'une tout autre trempe que les « manivelles » mythologiques ou la « charge » de la Vénus à la baignoire. On pourrait risquer de dire que s'y perçoit un certain accent vécu. Rimbaud, du moins, s'arrange pour que son lecteur le ressente. Dans l'ordre – et pour peu que l'on consente à admettre les dates portées au bas de ces poèmes – on peut lire, en faisant un tri (celui qu'implique ce Rimbaud contant de possibles rencontres amoureuses) : *À la Musique, Première Soirée, les Reparties de Nina, Roman.* Une période allant grosso modo du printemps à l'automne 1870 ; et ce sont de tels textes que Rimbaud recopiera en septembre à Douai, dans la première partie du cahier qu'il laissera à Demeny, après sa première fugue et son premier voyage à Paris où il s'était fait « coffrer » à la prison de Mazas et finalement rapatrier (non pas à Charleville, mais à Douai, chez Izambard, auquel il s'était adressé pour être libéré). Douai forme alors pour lui un lieu béni, quand il vient chez les tantes d'Izambard, les demoiselles Gindre, les bonnes fées. Il y est enfin tranquille, loin de la mère Rimbe. Alors, dans ce havre provisoire et pour le jeune Paul Demeny, un ami d'Izambard qui avait eu les honneurs de la publication, il constitue son premier recueil, et c'est là que l'on trouve, présenté selon un ordre plus ou moins chronologique, ses poèmes de l'année. *Première Soirée* est le poème du noviciat érotique agrémenté d'une ingénuité libertine, peu concevable sous la plume d'un jeune homosexuel. Une sensualité à la Musset s'en dégage, teintée de naissant don juanisme ; car le petit monsieur Arthur est parfaitement sûr de sa proie. « Elle » ! Comme ne pas rêver à cette « elle » déjà fort déshabillée ? La jeune fille est assise sur sa « grande chaise » à lui ; il l'embrasse avec quelque condescendance : les yeux sont des « pauvrets » qui palpitent sous sa lèvre. N'empêche qu'il la désire beaucoup, jusque dans sa mignardise : « les petits pieds » frissonnent d'aise. Le « Monsieur » fait sa conquête en trois temps, trois mouvements, d'où le titre quand le poème sera publié dans *La Charge* du 13 août 1870 : *Trois baisers*. Un baiser aux chevilles, un autre aux yeux, le dernier au sein. Rimbaud préfigure Paul Géraldy – ce qui n'aurait guère suffi pour assurer sa gloire !

Quant à savoir de quelle jeune fille il parle…
Il paraît certain, qu'à ce moment de sa vie, il
rêve d'une idylle et que, faute d'en vivre une véritable, il en construit plusieurs. Dans une autre
poésie amoureuse apparaît encore une possible
amante. Elle est nommée, cette fois, ou plutôt
prénommée : « Nina ». À l'époque, Verlaine, que
Rimbaud ne connaissait pas encore, et Charles
Cros fréquentaient une très piquante Nina : Nina
de Villard, jeune musicienne, poétesse, amie des
artistes. Mais Rimbaud dans son Charleville se
contente de qui ?… d'une employée de bureau :
c'est, du moins, ce que précise le dernier vers,
une *pointe* particulièrement blessante pour lui
(ou son substitut) après tout ce qu'il vient de dire
à la belle, tous les projets de promenades à la
campagne qu'il a énoncés, en imaginant une
grande balade merveilleuse. Le texte montre un
dialogue (c'est presque un monologue, en fait)
entre un *lui* qui dit « je » et « Elle ». Mais Rimbaud
y met beaucoup du sien et témoigne toujours là
du même regard amoureux, quasi naïf, imaginant une promenade avec une femme ou une
jeune fille de dix-sept ans, lui qui n'en a pas
encore seize :

> Dix-sept ans ! Tu seras heureuse !
> — Oh ! les grands prés
> La grande campagne amoureuse !

Il y a des notations séduisantes, comme le « blanc peignoir » et le « grand œil noir », « la belle tresse », le « rire fou ». Les filles pour Rimbaud se signalent par leur espièglerie. Le poème reste d'une grande fraîcheur. Que d'efforts vains, que de rhétorique pour une « employée de bureau », une « petite sotte », aurait dit Baudelaire !

Et l'on va apprécier la même grâce, évidemment colorée d'humour, dans *À la Musique* et *Roman*. Qu'il y ait idylle ou non, Rimbaud, du moins, n'a qu'un désir : être amoureux. Il l'est. Même quand aucun objet précis n'oriente sa pensée. *À la Musique* nous place en plein Charleville, juste avant la guerre de 70 et la chute du Second Empire. Il est bel et bien avéré qu'en ce jour du 10 juillet 1870, date portée sur le poème, l'orphéon militaire exécuta pour la plus grande joie des Carolopolitains la *Valse des fifres*. Sur ce point, Rimbaud n'invente rien. Lui-même se représente au naturel, à l'affût de fillettes « alertes », belle épithète qu'il emprunte à Glatigny, lequel les qualifiait également de « discrètes ». Le poème est délicieux, plein de trouvailles exquises et de maladresses. Ce Rimbaud des seize ans est enflammé de désirs pour des écolières qui vont chez les sœurs du Saint Sépulcre, et d'autres qu'il croise dans la rue. Et l'on retrouve l'inspiration mineure d'un tout jeune homme qui ne sait pas encore où le mène sa poésie. Le vers est littéralement fait pour évoquer, puis pour déshabiller un corps. Il devine le « dos divin », s'enchante des « cous blancs brodés de mèches folles » ; car, bien entendu, Rimbaud n'ose aucun face-à-face. Il ne voit que l'arrière des têtes ou des jambes et, dénichant la bottine, « le bas », il pressent l'irritant déshabillage imposé aux hommes de son temps, quand il fallait soulever des monceaux d'étoffes bouillonnantes pour toucher enfin la nudité désirée.

Roman, quant à lui, dès le titre, se donne comme fiction. Rimbaud l'élabore avec soin, non sans prévenir que ce qu'il raconte est applicable à un groupe : les garçons de son âge. Typique et symptomatique histoire pubertaire, en somme, où l'on se fabrique un monde à partir de bien peu de choses, tout en regardant les « demoiselles » sur la promenade. Il le dit lui-même en un vers superbe :

Le cœur fou Robinsonne à travers les romans.

On aimerait savoir lesquels. Et ce n'est certes pas le bien suranné *Les Amoureux de Sainte-Périne* du réaliste Champfleury, qu'il lisait à l'époque, qui pouvait l'inspirer. En revanche, un ton nettement au-dessus, il admirait *Madame*

Bovary, et s'en souviendra dans ses *Premières Communions*. Lectures, vie. La vie prolonge le romanesque. Le romanesque se déverse dans la vie. À un moment, on ne sait plus très bien que choisir. En ses seize ans, Rimbaud occupe une zone intermédiaire où il croit possible ce dont il rêve. « Nuit de juin ! Dix-sept ans ! » Pour l'heure il en est à Musset, avec des bizarreries en plus et autant d'impertinence que l'illustre Jeune-France de 1830 auteur de *Namouna*, *Don Paez* et *Rolla*. Tout cela est à la fois adorable et moqueur, et l'on baigne dans l'amour, tout en sachant que c'est pour rire. Et, du coup, l'on s'interdit tout amour vrai. L'amour est vu comme un rite social, une médiocre initiation. Dans ce *Roman* par trop charmant, Rimbaud, qu'il le veuille ou non, accumule symptomatiquement les petitesses : « un tout petit chiffon d'azur », une « petite branche », une « étoile... petite et toute blanche » ; le baiser est une « petite bête », la demoiselle a de « petites bottines » et de « petits airs charmants ». D'entrée de jeu, il fait la satire d'une possible aventure. Il joue l'amoureux fervent qui, le cœur battant, calligraphie une première lettre d'aveu. Alors, élu pour quelques mois, il entonne des « cavatines » (pas tout à fait les mêmes que celles formulées par Ducasse au début de ses *Chants de Maldoror* !), des sonnets, comme le séminariste d'*Un cœur sous une soutane*. Décidément ça n'est pas sérieux. En lui pourtant on sent la disponibilité de l'adolescence : fougue, narquoiseries, mais aussi une grande capacité de tendresse et un immense désir d'aimer.

Sur le cahier de Douai, *Roman* est daté du 29 septembre 1870. Mais ces dates sont presque toujours celles où furent recopiés les poèmes. *Roman*, par ailleurs, contient des indications temporelles précises (même si elles font songer aux *Nuits* de Musset) : la nuit de juin, et puis : « vous êtes [...] loué jusqu'au mois d'août », c'est-à-dire que jusqu'au mois d'août la belle fait votre éloge et tout à la fois votre « location » provisoire : elle vous possède. Si l'on devait croire *Roman*, on pourrait dire que cette histoire s'est déroulée sur deux mois et que, durant cette période, un certain Rimbaud (mais aussi bien celui à qui il s'adresse selon un « vous » qui vaut pour tout lecteur), a esquissé une histoire d'amour. Autre banalité, dans ce semblant d'intrigue, il y a un père qui veille sur sa fille, une espèce de grotesque à large faux col, un M. Prudhomme de l'époque.

Mais l'Histoire avance à grands pas et bouscule les paisibles rites des concerts militaires sur la Place de la gare. Le 17 juillet, la guerre a été déclarée par la France à la Prusse. Fin août Rimbaud s'éclipse de Charleville. Le 29, il est emprisonné dès son arrivée Gare du Nord à Paris, faute d'avoir un titre de transport. Bientôt, cependant, il est délivré, comme on l'a vu, par les soins d'Izambard. Entre-temps, chute du Second Empire le 2 septembre ; proclamation de la troisième République. Au collège, les cours n'ont pas repris. Revenu à Charleville, Rimbaud n'y fait pas long feu. Il récidive, part sur les routes ou prend le train. Octobre 70. C'est sa plus belle période d'insouciance. « Ma bohème » veillée la nuit par la Grande Ourse, les étoiles « aux doux frous-frous ». Ce « Petit-Poucet » sème des rimes (il le dit lui-même) et notamment un sonnet de construction très savante, qu'il intitule *Rêvé pour l'hiver* et qu'il dédie « À *** Elle », un bel indice, bien insuffisant pourtant pour les chercheurs et les rêveurs que nous sommes. Mais, tout comme *Roman* prévenait d'une fiction, *Rêvé pour l'hiver* annonce bien qu'il s'agit d'un projet trop beau pour y croire. Une nouvelle fois, Rimbaud s'exprime au futur, le temps de *Sensation*, le temps parfois des *Reparties de Nina* :

L'hiver nous irons dans un petit wagon rose.

On est encore en présence d'un adolescent talentueux et charmant, poète au sens le plus courant du terme, et qui ne s'est pas encore découvert. Alors il continue Baudelaire sur un mode assourdi. *Moesta et errabunda* : « Emporte-moi, wagon ! enlève-moi, frégate ! » La frégate, il se la réserve pour plus tard, et ce sera *le Bateau ivre*. Pour l'heure, en glanant quelques images qu'il voit dans son échappée vers le Nord, vers Charleroi où il veut faire du journalisme, il perfectionne son « roman ». Le poème est strictement daté : « En wagon, le 7 octobre 70 », comme Nerval avait composé un poème en malle-poste. Gageons que Rimbaud est seul et bien seul dans le train qu'il prend pour Givet ou Fumay, sur cette ligne secondaire qui longe la Meuse. Mais il pense à quelqu'une ; du moins, il fait semblant de s'adresser à une éventuelle amoureuse. Le manuscrit porte bien la dédicace « À *** Elle ». On donnerait cher pour savoir ce que cachent ces trois étoiles. Peut-être personne ! C'était une convention, à l'époque, quand on souhaitait garder l'anonymat. Pensons à la lettre signée « trois étoiles » qu'envoie Maldoror à Mervyn. Rimbaud voudrait être accompagné dans sa fugue solitaire ; il a même peut-être élaboré des projets amoureux pour l'hiver. Il est très sensible aux filles, ce garçon, et souhaiterait sans doute être déniaisé, ce qui manque bien de se passer, si l'on en croit les deux poèmes suivants, *Au Cabaret-Vert* et *la Maline*. Il touche alors à l'un des rares moments heureux de sa vie. Simple, paisible, une halte avant de s'embarquer pour le pire, condamné à la marche éternelle du Juif errant.

Au Cabaret-Vert (en fait, la Maison-Verte où servait Mia la Flamande), tous les meubles sont peints en vert, les murs aussi. Couleur un peu indigeste, même si elle est celle de l'espérance. Il s'installe là, affamé, assoiffé. Et vient prendre la commande une servante qui n'est pas insensible au charme de ce petit paysan aux habits fripés. On pense à l'Amanda Binet du *Rouge et Noir*, en plus vulgaire. Non pas une friponne de Besançon, mais une Flamande « aux tétons énormes », œil vif, rieuse. *La Maline* présente un quasi-doublet de la scène, à cette différence près que, cette fois, la salle à manger est brune. Le manège de la fille est plus précis pour obtenir un baiser de cet adolescent pas comme les autres, bizarre et beau, cheveux châtains hirsutes, mais regards myosotis. Et Rimbaud s'enchante aussi, avec une merveilleuse ingénuité, de ce visage tout près du sien. La peau de la joue apparaît, « un velours de pêche rose et blanc ».

Bientôt il reprend la route, remonte jusqu'à Bruxelles, puis revient sans doute en train à Douai et loge de nouveau chez Izambard où il recopie des poèmes jusqu'à ce que des gendarmes envoyés par sa mère viennent l'appréhender et ramènent l'enragé récidiviste à Charleville... S'ouvre ensuite une période indécise. Pas de cours au collège. Il erre avec le fidèle Delahaye, lit tout ce qui lui tombe sous la main, se tient au courant de la politique. On a déjà parlé de la Commune et dans les grandes villes les républicains n'apprécient guère les manœuvres dilatoires du gouvernement. En janvier 1871, l'armistice est signé ; en février, une nouvelle assemblée, dirigée par M. Thiers, est constituée. C'est le moment qu'il choisit pour partir encore une fois à Paris. Il prend le train, muni maintenant d'un titre de transport dûment acquitté. Là-bas, il déambule dans les rues, musarde aux devantures des librairies, fait une incursion dans l'atelier du caricaturiste André Gill. Très vite, il n'a plus un sou en poche. Faim, misère. Il doit revenir. Cet épisode a d'autant plus d'importance que s'y greffe l'une des plus troublantes rumeurs concernant ses amours problématiques. À cette occasion, en effet, Rimbaud n'aurait pas été seul dans sa fugue. Une jeune fille de Charleville l'aurait accompagné, réalisant ainsi le projet formulé dans *Rêvé pour l'hiver*. Delahaye, puis Pierquin, autre ami de Rimbaud, sont formels. Parmi les adolescentes éprises de Rimbaud (il y en aurait donc eu plusieurs), l'une – nous dit Delahaye –, dont les souvenirs, bien que tardifs, sont souvent crédibles – « quitta pour le suivre famille et foyer ». Il ne lésine pas sur les détails : « Sans asile, la première nuit [*donc à Paris*] ils dormirent sur un banc. Au matin il exigea qu'elle partît, qu'elle prît les quelques sous qu'ils possédaient à eux deux, pour aller à la Gare du Nord. Elle serait recueillie, espéraient-ils, par des parents qu'elle avait dans une petite ville aux environs de Paris. L'amante obéit, du moins en apparence. Mais il n'était pas sûr de son fait ; il craignait de l'avoir vue, dans la foule, le suivre en se cachant. Une inquiétude lui en restait, déchirante, au moment où il racontait cela, quelques mois après. Se sont-ils retrouvés depuis ? On doit le supposer et que la séparation n'eut lieu que plus tard. » Voilà une série d'informations qui méritent d'être prises en compte. Selon leur personnel instinct de la vérité, les biographes les ont utilisées ou négligées. Le simple bon sens – mais doit-il toujours régner en maître ? – conseillerait de douter d'une telle équipée. On imagine mal, en effet, une jeune fille de bonne famille (et, vu l'étanchéité des milieux sociaux à l'époque, Rimbaud pouvait-il en connaître d'autres) s'engageant dans semblable aventure, à moins qu'elle n'ait recouru à de très habiles subterfuges : prétexter, par exemple, qu'elle allait voir des parents à Villers-Cotterêts (ce que, dans une autre version, rapporte Delahaye). À partir de cette localité proche de Paris, elle aurait rejoint Rimbaud.

Le même Delahaye nous gratifie d'ailleurs de plusieurs variantes. Ainsi il affirmera par la suite que ce ne fut pas en février que Rimbaud serait allé à Paris, mais au mois de mai, pendant la Commune. Pour ne pas compliquer les choses je me bornerai à retenir que, soit en février, soit en avril-mai 1871, Rimbaud fit à Paris un voyage, peut-être accompagné. Un autre problème ici se pose. Celui d'une lettre envoyée en avril de la même année à Demeny et où précisément il raconte ce qu'il a fait là-bas, en février. « J'ai vu quelques nouveautés », etc. Rien sur la politique. Tout sur la littérature, peu brillante, en vérité. Une littérature d'état de siège. Un bref paragraphe, cependant, permet de voir plus précisément dans quelle disposition d'esprit il se trouvait. « Oui, vous êtes heureux, vous. Je vous dis cela, – et qu'il est des misérables qui, femme ou idée, ne trouveront pas la Sœur de charité. » Sous ce collectif « misérables », comment ne pas discerner Rimbaud lui-même, abandonné peut-être ? On entend là, de toute façon, celui qui cherche une aide, une consolatrice, amante ou idée poétique, et qui ne l'a pas trouvée ou qui l'a perdue. On pourrait croire alors que son amour pour la mystérieuse jeune fille a tourné court et que tous deux se sont quittés d'un commun accord, après une expérience malheureuse ; mais il est permis de penser également que l'équipée avec la jeune fille n'eut lieu qu'ensuite et que cette lettre du 17 avril ne pouvait par conséquent en tenir compte. Quoi qu'il en soit, quand Rimbaud écrit : « vous êtes heureux, vous », il pense au mariage de Paul Demeny qui venait d'avoir lieu le 23 mars, et il semble y avoir vu quelque bienfait. À la même période, il rédige un poème qui précisément s'intitule *les Sœurs de charité*.

C'est un texte d'allure baudelairienne, très médité, où sont énumérées les différentes sœurs de charité plus ou moins symboliques qui peuvent veiller sur l'homme, plutôt même sur le jeune homme. Rimbaud en détaille le cortège : la Femme, la Muse verte (est-ce la Nature, l'absinthe ou le dawamesk : le hachisch en confiture verte ?), la Justice ardente, la science, la Mort mystérieuse enfin, celle qui faisait office de « Vieux Capitaine » dans *le Voyage* de Baudelaire. Il est remarquable que l'expression « sœur de charité » apparaisse aussi bien dans la lettre du 17 avril que dans le titre de ce poème (le manuscrit porte la date « juin 1871 », mais cette indication peut concerner la mise au net du poème ou sa copie). Si on relit de près ces *Sœurs de charité*, on y voit dressé un sévère réquisitoire contre la femme, comme si Rimbaud pensait qu'il n'y avait plus rien à en attendre. Il n'a que seize ans, et pourtant il veut donner l'impression qu'il est revenu de tout, qu'il s'est dépouillé de toutes ses illusions. Il n'est plus question pour lui d'évoquer de petites jeunes filles mutines et char- mantes. Il généralise au nom, évidemment, de l'humanité, et propose une sorte de fresque dans le genre de Gauguin peignant son « D'où venons- nous ? Que sommes-nous ? Où allons-nous ? ». « Le jeune homme effrayé des laideurs de ce monde » se tourne vers l'incarnation du Beau, la femme, mais il en dénonce vite les limites. La femme ne se donne plus selon l'harmonie de son corps. Rimbaud l'anatomise, la viscéralise : « monceau d'entrailles ». La femme génératrice, en quelque sorte, celle qui produit « le fruit de ses entrailles », comme il est dit dans le « Je vous salue Marie ». Plus loin, l'évocation s'aggrave d'une métaphore renvoyant aux menstrues :

Comme un excès de sang épanché tous les mois.

Comme si l'adolescent avait découvert les secrets du corps féminin. D'où le reniement acharné qu'il profère, acharné, c'est-à-dire s'attachant à dévaloriser point par point ce qu'avait de séduisant ce corps admiré autrefois, « regard noir », « ventre où dort une ombre rousse », « seins splendidement formés ». Rimbaud donne son idée de l'amour :

Tout notre embrassement n'est qu'une question.

Question peu claire, au demeurant. Ce qu'il ressent, du moins, c'est la difficulté d'un rapport vrai entre l'homme et la femme, entre le jeune homme et la femme. Et c'est aussi dans ce même poème qu'il agence, par compensation, l'étrange figure du Génie, avec toute la possible charge homosexuelle qu'elle implique, puisque le Génie adore le corps d'un bel adolescent. Rimbaud aurait donc vite oublié sa prétendue amoureuse ? Mais on peut fort bien admettre aussi qu'elle ne l'accompagna que lors d'un troisième voyage, après le 17 avril (date de la lettre contant celui de février-mars) et avant les 13 et 15 mai, où furent écrites les fameuses lettres dites « du voyant ». Évidemment, la marge temporelle est très réduite. Certains croient que Rimbaud participa à la Commune, d'autres en doutent. Les grands témoins, Delahaye, Verlaine, assurent cependant qu'il s'engagea dans les francs-tireurs. Or, entre avril et mai, plusieurs informations, évidemment contestables, font intervenir une autre histoire amoureuse. Voici Rimbaud adressant une brûlante déclaration à une autre demoiselle de la Cité ducale. Pierquin, ami de Rimbaud, note : « Il eut un amour plus positif pour une demoiselle fille d'industriel, qu'il aurait peut-être voulu épouser. » Bien après, en 1912, Berrichon fournira quelques indications supplémentaires, dont il n'est pas le principal sourcier, puisque, par la suite, Pierquin, toujours lui, prétendra qu'il fut le premier à les avoir révélées. Ces détails assurent que la jeune fille en question était une « brune aux yeux bleus » et que Rimbaud l'aurait vue à la fenêtre d'une des maisons du quai de la Madeleine (il habitait alors au 5 bis de ce même quai). Il existe, en outre, un autre témoignage, celui de Delahaye. Celui-ci fait état d'une lettre que lui aurait adressée Rimbaud, alors que lui-même était en Normandie, pendant le fameux mois de mai 1871. Lettre de quatre pages sur papier bulle écrite à la bibliothèque... Quelles plus grandes précisions exiger ? Or, dans cette lettre, Rimbaud parlant de la jeune fille aurait remarqué : « au physique analogie frappante avec Psukê » – ce qui fait dire à ce maladroit de Delahaye : « Nous devons en inférer que ce n'était pas une mafflue », et ce qui laisse croire que Rimbaud se référait à un modèle soit pictural soit littéraire.

Plus qu'au célèbre tableau de Prud'hon *l'En-lèvement de Psyché*, dont Rimbaud et Delahaye pouvaient avoir vu une reproduction (le visage adorable de Psyché s'y distingue moins, à vrai dire, que son corps porté par des *putti*, mais elle est blonde et non pas brune), plus qu'à la toile également illustre du baron Gérard (où Psyché, encore une fois blonde, mais d'un visage aux traits plus typiques et plus jeunes que celle de Prud'hon, se laisse adorer par un éphèbe), je pense à l'héroïne du grand poème homonyme de Victor de Laprade publié en 1841.

« Sa mère a l'âme catholique, son père a l'âme magistrate », aurait encore écrit Rimbaud, déci-dément en veine de confidences. Il aurait, par conséquent, envoyé à la belle une « épître fort polie » par laquelle il lui donnait rendez-vous au square de la Gare, le fameux square d'*À la Musique*. Psukê doit-elle être comptée au nom-bre des « alertes fillettes » qu'il suivait « comme un étudiant ». Toujours est-il que la jeune fille serait venue au rendez-vous, mais accompagnée de sa duègne, guère plus rassurante qu'un père « au faux col effrayant ». Psukê, le considérant tout emprunté dans ses vêtements étroits et pauvres, lui aurait jeté un regard « illaudable ». Le mot est de Rimbaud, rapporté par Delahaye. Il était déjà bien suranné à l'époque, mais les

Décadents en alimenteront tout leur arsenal. Illaudable : qui défie la louange, au-dessus de tout éloge. Quant à lui, devant elle et le chaperon vénérable qui l'accompagnait non sans rire du « petit monsieur », il aurait été effaré « comme trente-six millions de caniches nouveau-nés ». On peut croire Delahaye, pour cette citation, du moins ; des expressions pareilles ne s'inventent pas. Évidemment, l'idylle, qui n'était pas même amorcée, s'arrêta là, d'autant plus que le père envoya dès le lendemain une lettre à Madame Rimbaud pour l'avertir des audaces intempestives de son fils.

Les informations sur l'illaudable sont rares. Delahaye affirme qu'elle était plus âgée que Rimbaud de quelques années. Sur une note manuscrite datant de 1897, il indique qu'en 1870 (on aurait préféré 1871, étant donné tout ce qui fut dit auparavant), Rimbaud « a connu la femme ». « Une femme de seize ans, mais une femme, le seul véritable amour qu'il ait eu. » On pense alors à la première, à celle qu'il a perdue dans la foule. Mais Delahaye dit bien « une femme » et non pas une jeune fille. Ce ne serait donc ni la jeune fille de février 1871, ni Psukê. Il faut encore noter, pour faire le tour de la question à propos de cette femme de seize ans, que nous restent de Rimbaud les bribes d'un poème qui comptait vingt ou trente vers. Il s'agissait d'« un petit roman simple et très condensé ». Curieusement Delahaye ne se remémore que le premier vers :

Brune elle avait seize ans quand on la maria,

et le dernier :

Car elle aime d'amour son fils de dix-sept ans.

Étranges, ce poème d'inceste et l'âge des protagonistes ! Le fils a l'âge de Rimbaud, ou presque. Et la mère s'est mariée précisément à l'âge qu'aurait eu la jeune femme dont Delahaye nous dit qu'elle fut le grand amour de Rimbaud. On peut évidemment se demander si, en pareil cas, des éléments textuels n'ont pas été utilisés par les biographes pour combler des vides, à défaut d'autres documents faisant preuve… L'histoire de Psukê connaîtra d'ailleurs des rebondissements. Pierquin, jouant d'abord les mystérieux, par pudeur ? par discrétion ?, se décidera, quelque cinquante ans plus tard, à parler enfin et à prononcer un nom sur lequel ne se sont pas penchés outre mesure les rimbaldophiles : « Je crois savoir qu'il s'agit d'une Blanche Goffinet, dont le père était fabricant de brosses dans le quartier de la rue des Juifs. » Quelques-uns y sont allés voir de plus près. Ils ont consulté les archives. Les Goffinet, dont certains habitent encore la Cité ducale, logeaient au n° 13 de la rue Saint-Barthélemy, non loin du quai de la Madeleine. Rimbaud aurait très bien pu voir la jeune fille ; il l'a même sûrement vue. L'éventualité de leurs possibles relations de voisinage est parfaitement fondée. Madame Rimbaud elle-même habitera plus tard au 21 rue Saint-Barthélemy. Quant à Blanche, on sait sa date de naissance : le 21 avril 1856. Elle n'avait donc que quatorze ans en 1870. Par conséquent elle ne saurait être la femme de seize ans, ni même, à moins de confusions de la part de Delahaye, ou d'une défaillance de sa mémoire, l'« illaudable », dont il précise bien qu'elle était plus âgée que Rimbaud.

Pour refermer provisoirement un dossier fourni, on avancera encore, pour mémoire, un nouveau nom, au sujet duquel son intrépide « inventeur », Alain Goldie, bien oublié depuis, ne semble pas avoir eu, en son temps, le moindre doute. Il n'est plus question alors d'une Blanche Goffinet, mais d'une Marie-Henriette Hubert (elle signait Maria), née le 6 février 1854, à Charleville, et qui répond en tous points au signalement présumé. Fille d'un fabricant de clous (une profession fréquente dans le Charleville du XIXe siècle), elle était orpheline de son père, Louis Hubert, décédé en 1864. Évidemment ce père mort sept ans plus tôt ne coïncide pas avec le présent de la phrase de Rimbaud : « son père *a* [*je souligne*] l'âme magistrate ». Peu importe à Alain Goldie qui, arguant d'une mauvaise lecture du manuscrit de la lettre, exulte toutefois quand il constate que ce Louis Hubert avait présidé autrefois au tribunal de commerce de la ville et que, tant du côté Hubert que du côté Regnaut (la branche maternelle), on n'aurait compté pas moins de cinq présidents de ce tribunal parmi les ascendants de Maria ! Maria habitait au cœur de la cité, 11, rue Saint-Michel, l'actuelle rue de l'Église. Mais ce qui devait réjouir le plus notre détective rimbaldien fut la découverte dans certaines archives familiales (inconsultables depuis) d'une peinture à l'huile représentant la jeune fille et d'une photo de la même qui, dès 1874, encore mineure, devait épouser un notaire de dix ans son aîné (elle lui donnera une fille, sans survivre de beaucoup à l'accouchement, puisqu'elle mourra quelques semaines plus tard). Bien attendrissante est la réaction d'Alain Goldie au vu du portrait de Maria ; car il constate (mais ne l'aurait-on pas parié ?) une troublante ressemblance avec la fameuse Psyché de la toile du baron Gérard. Après une si parfaite démonstration et d'aussi étroites coïncidences, on aurait pu penser le mystère définitivement éclairci.

Mais Marie-Henriette Hubert, trop belle pour y croire !, s'est, tout comme Blanche, tranquillement effacée des mémoires. Trop abondantes, les anecdotes se sont annulées au bénéfice d'une plus grande incertitude, même s'il convient de penser qu'à leur origine il exista sans doute quelque vérité. Il ne faut pas oublier non plus qu'à partir d'une certaine époque, et surtout dans les années qui suivront la mort de Rimbaud, quand on mettait au point sa première biographie, il importait d'évacuer toute allusion à son homosexualité. Verlaine, à sa façon, s'y emploiera. On le verra plus loin. Mais les textes de Rimbaud lui-même suffisent amplement à prouver que l'élément féminin le préoccupait, même quand il composa *Mes Petites Amoureuses* :

> Ô mes petites amoureuses,
>   Que je vous hais !
> Plaquez de fouffes douloureuses
>   Vos tétons laids !

Ce poème, à n'en pas douter, donne congé à une certaine forme d'amour, bien niaise, bien conventionnelle. Ce qui ne veut pas du tout dire qu'il renonce aux femmes. Il révoque plutôt les amours puériles et la bêtise de ces fillettes, de ces « laiderons », « étoiles ratées » vouées à une vie ordonnée, ménagère, suivant la bonne ornière, dévotes comme sa mère, oui ! « crevant en Dieu », dans l'esprit familialiste et reproducteur du christianisme et toutes dévouées à des tâches domestiques qu'il exècre, « ignobles soins », comme Mallarmé se plaindra qu'ici-bas ait une « horrible odeur de cuisine ». Peut-être Rimbaud se venge-t-il ici au premier chef du mariage qu'avait contracté Vitalie, sa mère, avec son capitaine. Mais la poésie lyrique est également l'objet de son sarcasme ; et d'un trait, voire de plusieurs, il ridiculise les Égéries médiocres, qu'elles soient bleues, blondes, noires ou rousses. Le laideron bleu, admettons que ce soit le laideron « fleur bleue ». Quant aux autres, on ne va pas toutes les identifier ; mais il n'est pas trop difficile d'y reconnaître un certain nombre des « héroïnes » des poèmes antérieurs. Par exemple, le « blond laideron », qui le sacra poète, semble bien correspondre à la « demoiselle » de *Roman*, celle qui « vous loue jusqu'au mois d'août » et rit gentiment de vos sonnets ; il y a l'autre aussi, celle qu'il voulait mener à la campagne, la Nina avec qui il aurait bien mangé des œufs à la coque, et puis celle des *Trois Baisers*, et encore « la fille aux tétons énormes ». Que de petites garces spiri- tuellement inventées à partir de coups d'œil jetés sur la vie quotidienne, les fillettes de Charleville, écolières, servantes, serveuses, cousettes, trottins, porteuses de pain, etc., tout un personnel vaguement érotisable, passablement aguichant, avec leurs jeunes seins pointant sous les blouses, les corsages, la bandoline empoissant leurs cheveux, et leurs caoutchoucs aux pieds, en cette ville de pluie et de neige ! Si Rimbaud se met à les haïr à ce point, c'est parce qu'il pense non pas qu'elles l'ont fait souffrir, mais que sa poésie s'est épuisée en cette voie, célébrant des amoureuses de pacotille et finalement faisant ou refaisant du Musset, encore des vers de séminaristes, exécrables, horriblement fadasses. La « lettre du voyant » inaugure une transformation radicale de sa poésie qui passe par la destruction des sujets classiques. Rien de plus net que l'explication qu'il donne dans une lettre adressée au même Demeny un mois plus tard, le 10 juin. Il précise bien alors qu'il est question pour lui de faire des « antithèses aux vignettes pérennelles » (c'est-à-dire aux images démodées) qu'il détaille narquoisement : « où batifolent les cupidons, où s'essorent les cœurs panachés de flammes, fleurs vertes, oiseaux mouillés, promontoires de Leucade. » Ce sont les vieilles histoires d'amour qu'il désigne par là, affaires de libido esthétisée, peinture pompier à la Bouguereau, « terrines de sentiments ». Le cœur « panaché de flamme » est le cœur embrasé d'amour. Quant aux promontoires de Leucade, il les abandonne à Sapho délaissée par Phaon son amant et qui se jette dans les flots. Rimbaud a pris la décision de narguer l'élégie, le style noble. Il convoite maintenant un réalisme extrême, l'expression du quotidien sale et du bas-corporel. Plus jamais, en revanche, n'apparaîtra dans ses compositions l'amour frais, batifoleur, cupidonesque, des poésies de 1870. D'où sa recommandation à Demeny : « brûlez, je le veux […] brûlez *tous les vers que je fus assez sot* pour vous donner lors de mon séjour à Douai […] ».

Est-ce à dire qu'il ne pouvait plus aimer comme auparavant ? Oui, sans doute, si le texte vaut pour la vie. Mais on en est toujours là, avec Rimbaud : A-t-il aimé ? Je le vois plutôt demandeur renfrogné avec peut-être des tentatives avortées : une Nina volatile, une accompagnatrice éphémère, une Psukê bêtement idolâtrée pendant une semaine et deux trois petites sottes qu'il suivait dans la rue. Ajoutons-y un lot de putains désirées dans la masturbation « pénitente » ou officiante et quelques rêves qu'il n'a pas voulu tenir entièrement cachés. Le temps fort de ces lettres du voyant demeure le désir de se modifier et de se rendre monstrueux. « Se cultiver des verrues sur le visage. » Choisir le chemin du bas, s'enfoncer (pour remonter).

À Charleville, l'application de sa méthode négative s'est réduite à trois fois rien : scandaliser par ses propos, se faire payer « en bocks et en filles ». Il s'en vante auprès d'Izambard dans sa lettre du 13 mai. On a épilogué sur ces « filles », et sagement la plupart des commentateurs, pour bien montrer qu'il connaissait les subtilités du français, ont pensé qu'il voulait parler de « petites bouteilles », comme celles où de nos jours on boit de la kriek ou de la gueuse. C'est probable. Mais il y avait des maisons closes ou « protégées » dans la cité. On en est quasiment certain, surtout avec la proximité de Mézières, ville de garnison. Doit-on, pour autant, croire qu'il y fit une incursion, muni de quelques sous et complaisamment accueilli par la maquerelle de l'endroit ? On peut en douter. Il n'était qu'un petit jeune homme, vite poussé en graine, et volontiers hâbleur, comme tous les timides lorsqu'ils jettent leur gourme. Mais il est permis de se demander également si la misogynie sensible dans les écrits qu'il fit durant cette période ne viendrait pas des premières expériences homosexuelles qu'il eut à ce moment, avec Charles Bretagne, par exemple, cet excentrique employé des contributions indirectes de Charleville, ancien ami de Verlaine avec qui il avait partagé maintes beuveries et qui continuait de scandaliser en douceur ses concitoyens par les fumées d'ivresse émanant de son « salon » littéraire. Plusieurs ont monté en épingle la relation de Rimbaud avec les Communards ou même, bien avant, en septembre 1870, avec de petites frappes rencontrées à la prison de Mazas où il aurait subi de leur part quelques violences, lui « l'ange de Charleville ». On peut penser à un incident de ce genre. Le plus troublant tient au poème *le Cœur supplicié* qui semble avoir été si déterminant à ses yeux qu'il l'a choisi pour illustrer sa première lettre « du voyant » :

> Mon triste cœur bave à la poupe...
> Mon cœur souillé de caporal !
> Ils y lancent des jets de soupe

Le groupe en question est qualifié plus bas d'« ithyphallique » et « pioupiesque ». La racaille militaire, quoi ! On a dit que « pioupiou » ne pouvait que renvoyer aux Versaillais (vu le sens péjoratif que Rimbaud attribue à ce terme) et aux membres d'une armée régulière. Mais je lis « pioupiesques » et non « pioupious ». À bien observer la lettre du voyant, on a l'impression que l'encrapulement, préconisé par Rimbaud comme méthode pour atteindre la nouvelle poésie, lui aurait été comme dicté par la crapulerie d'autrui à son égard. Il aurait découvert là comme une vérité populacière non tout à fait détestable ; et, par une espèce de va-tout, le voilà qui décide de s'y plonger, pour trouver là également la vérité de la poésie, la mettre « cul par-dessus tête ». J'oserais dire qu'une scène quasi-homosexuelle est déposée dans le texte et qu'on peut estimer qu'elle résulte d'une scène vécue ou que Rimbaud l'invente de toutes pièces pour agresser le cœur, le fameux *cœur*, organe par excellence du poète sensible. Il s'ensuit que le cœur en prend un coup (volé, supplicié, violé) et que, par voie de conséquence, les affaires de cœur se voient reléguées provisoirement du côté des « vignettes pérennelles ». Cependant, il faut immédiatement nuancer une appréciation aussi tranchée. En effet, à considérer l'autre lettre du voyant (celle du 15 mai), d'un côté on entend une âpre misogynie à l'égard des « petites amoureuses », de l'autre, on s'aperçoit qu'au même moment Rimbaud ne renonce pas à écrire sur l'amour, puisqu'il promet à Demeny un long texte – pas moins de cent hexamètres, annonce-t-il, c'est-à-dire cent alexandrins – intitulé *les Amants de Paris* – ce qui pourrait renvoyer à la fugue de février et confirmerait les informations fournies par Delahaye, à moins que celui-ci, se fondant sur un tel titre, n'y soit allé de sa petite histoire ! Dans la même lettre, Rimbaud ne néglige pas du tout la question féministe. Il a sans doute eu vent de l'action des pétroleuses ; il connaît vraisemblablement l'existence d'une Louise Michel. Alors, dans sa jeune générosité de partisan, l'esprit chauffé à blanc par des mots d'ordre révolutionnaires, non seulement il songe à l'avenir de l'homme et du poète, mais il se préoccupe de celui de la femme et souhaite que soit brisé « l'infini servage » qu'elle subit. Entre-t-il là en contradiction avec les sarcasmes de *Mes Petites Amoureuses*? Nullement. Les laiderons vont accepter une vie benoîte, ménagère. Il a vu ça de près avec sa mère. Il est temps que tout change – et Rimbaud s'en prend au mariage, ce qui ne devait guère faire plaisir à son correspondant, le brave Paul Demeny, qui avait pris femme, on s'en souvient, en mars. Rimbaud, depuis, a bien changé. Il n'a plus besoin de sœurs de charité ; il donne son congé à la femme pour qu'elle ose découvrir sa vérité, « vivre pour elle et par elle » (ce sont ses propres mots). Idéalisme communard de l'époque ? Soit. On a même prétendu que Rimbaud aurait composé en ces temps une longue constitution communiste. Il n'existe donc chez lui aucune répugnance véritable, viscérale, à l'égard de l'autre sexe, du « deuxième sexe ». Simplement une vision, très datée ou très neuve – tout dépend de quel regard on la considère – en vertu de laquelle la femme aurait à faire son chemin seule, pour « se connaître », puisque c'est là la grande question.

Au même moment sans doute, il écrit aussi *les Mains de Jeanne-Marie*. On a l'autographe de ce poème avec certains quatrains ajoutés libellés par Verlaine. L'ensemble est daté (par Verlaine) : « Fév. 72 ». Date très tardive. Mais il ne faut pas se fier – je l'ai déjà signalé – à ces indications finales. Un tel texte est à opposer certainement à la misogynie de *Mes Petites Amoureuses*. Il illustre le nouveau rôle attribué à la femme par Rimbaud. Jeanne-Marie n'est pas Nina, celle qu'il rêvait de promener dans la campagne. En tout cas, elle n'appartient pas au bétail des asservies. Ni main de bureaucrate, ni main de laveuse, comme celles de la Gervaise de *l'Assommoir*, ni même main d'ouvrière. « Je n'aurai jamais ma main », proclamera-t-il plus tard. Jeanne-Marie est une révolutionnaire chantant la *Marseillaise*, une insurgée qui dut affronter les soldats de Versailles. Peut-être, prisonnière de la chaîne pénitentiaire, va-t-elle devoir quitter maintenant la France pour la Nouvelle-Calédonie... L'homosexualité de Rimbaud ne se marque pas dans ces textes, et l'on peut même dire que la Femme continue d'être l'un de ses pôles d'attraction, même si désormais il en parle tout différemment, non plus pour conter de timides rencontres, mais pour aider à sa libération par le poème lui-même. La vision poétique coïncide avec une visée sociale, et la métamorphose du langage se fait sous l'emprise d'une raison ironique...

Prenons encore *les Premières Communions*. L'occasion a pu lui en être fournie par la communion de sa sœur Isabelle, célébrée le 14 mai, cette année-là. Mais Rimbaud transcende extraordinairement l'événement. Transcender, ça ne veut pas dire s'égarer dans les brumes de l'idéalisme, mais bien voir, au contraire, ce que représente ce grand jour pour des esprits malléables, formés aux paroles moralisatrices, aux préceptes du christianisme. Dans *les Poètes de sept ans*, il avait retracé sa maturation de poète, un poète dont le corps se forme et vit au rythme de ses sens. Dans ces *Premières Communions*, il nous dit la naissance de la femme dans la société de son temps. Histoire d'une âme et d'un corps, et surtout itinéraire du désir dévoyé de son objet. Paradoxalement le désir de la jeune fille ne peut frayer sa voie qu'en profitant de la tyrannique demande d'amour qu'adresse le Christ à ses communiantes. La nouvelle initiée voudrait relever la « tunique » de Jésus. Est-ce assez clair ? Elle souhaite en voir la nudité. Elle se tourne

sur l'oreiller, bave et – comme dit Rimbaud –
« ne peut plus », autant dire « n'en peut plus ».
Exceptionnelle, unique même, dans la poésie du
XIXe siècle, cette description du désir féminin,
vécu de l'intérieur ! Flaubert, il est vrai, dans
Madame Bovary, avait créé un formidable pré-
cédent. Rarement poète aura tant pris le parti de
la femme, au terme d'une analyse presque noso-
logique, car Rimbaud semble comprendre
parfaitement ce qu'il en est de cette confiscation
des femmes par le Christ, de cet enrôlement mys-
tique ; il devine, au fond, le fonctionnement de
toutes les hystéries – c'est l'un des mots de
l'époque – et cette soumission à un divin maître
qui s'approprie en quelque sorte tous les élans
du corps. Il dénonce avant Freud, et mieux que
lui, « le vol des énergies » :

> Hommes, qui songez peu que la plus amoureuse
> Est, sous sa conscience aux ignobles terreurs,
> La plus prostituée et la plus douloureuse [...]

Pour la première fois, avec la plus grande luci-
dité, Rimbaud attaque l'Occident. Il tient là
le thème majeur d'*Une saison en enfer* : nous
sommes tous corrompus par le christianisme qui
inaugure l'ère du péché, de la faute originelle
cause de tous nos malheurs.

II

« L'amour est à réinventer »

Le départ pour Paris de Rimbaud, invité par Verlaine en septembre 1871, marque un moment décisif. Quand le jeune rebelle arrive dans la capitale, il entre alors dans une nouvelle phase de sa vie, et notamment celle qui va s'exprimer par l'homosexualité ou, plus secrètement, y recourir. Il est sûr que les femmes comptent moins pour lui que le poème, d'autant plus qu'il se trouve vite en présence d'une qui le déteste et que lui-même ne supporte pas davantage : Mathilde, la petite épouse, celle avec qui Verlaine vient de convoler en justes noces, la dédicataire des bienveillantes beautés de *la Bonne Chanson*. C'est elle qui le reçoit, rue Nicolet, fière de son ventre proéminent de femme enceinte. Nul doute que, pendant cette période, Rimbaud n'ait découvert le bien-fondé des relations sexuelles entre hommes. Verlaine d'ailleurs n'en était pas à ses débuts, et bien des soupçons pèsent sur la nature de l'amitié qui l'avait lié à son camarade de lycée Lucien Viotti, mort pendant la Commune. Il est plus que probable qu'il initia Rimbaud à des pratiques sodomites. Certes, il n'est pas question ici de fournir des dates précises, et Verlaine sera très prudent dans sa correspondance privée (du moins pour ce qui nous en reste) ; car il aime aussi Mathilde et rêve parfois de former un double ménage avec elle et Rimbaud ; mais ni Mathilde ni Rimbaud ne sont d'une faible trempe, et lui-même, assujetti à leurs tempéraments récalcitrants, dut composer plus ou moins habilement avec les exigences de l'un ou de l'autre.

Il est presque certain que celui qui plus tard choisit de se nommer le « pauvre Lélian » coucha (au sens le plus charnel du terme) avec Rimbaud dans le misérable garni de la rue Campagne-Première que celui-ci habita durant l'hiver 1871-1872 et qui se trouvait non loin du cimetière Montparnasse. Les lieux ont changé ; la maison du sieur Trépied, marchand de vin, a été rasée ; mais, *grosso modo*, grâce aux recherches de François Caradec, on peut en retrouver l'emplacement, qui ne vaut d'ailleurs pas un pèlerinage ! Verlaine, plus disert dans ses œuvres poétiques, rappellera cette chambre pleine de toiles d'araignée et les « nuits d'Hercule » qu'ils y passèrent en janvier 1872. Puis Rimbaud retourne à Charleville en mars, mais reparaît bientôt à Paris en mai ; et, de nouveau, les rapports entre eux reprennent. Verlaine rime alors le sonnet inverse intitulé *le Bon Disciple*, où il décrit leurs rôles respectifs : lui est le *vas electionis* ou le vieux *cunt* (comprendre con !) toujours ouvert. Quant à Rimbaud, son rôle est plus simplement viril ; l'ange trépigne entre les épaules de l'aîné et le « bourre » – on ne saurait mieux dire ! Ce sonnet du *Bon Disciple*, Rimbaud, imprudemment, le gardera dans son portefeuille, et on le trouvera, navrante pièce à conviction, quand on fera l'inventaire de ses affaires à la suite du drame de Bruxelles.

À se fier aux apparences, il semblerait qu'à partir de l'automne 1871, quand Rimbaud s'installe à Paris momentanément, on ne trouve plus trace d'amour avoué dans sa vie. Mais on ne saurait être trop circonspect dans de telles estimations. Prenons, par exemple, *Voyelles*, sans doute rédigé durant cette période. Plusieurs exégètes, comme Robert Faurisson (ce n'est pas le plus recommandable !), l'ont interprété comme une description analogique du corps féminin. En 1961, ce commentaire fit grand bruit, et André Breton se montra particulièrement convaincu de sa justesse. Sur la même feuille, copié par

Verlaine, mais sans conteste attribuable à Rimbaud, un quatrain célèbre bellement le corps de la femme en dotant d'une couleur spécifique chacune de ses zones érogènes. Symphonie blason en rose, blanc, roux, noir. Les mammes rousses... Dans *le Bateau ivre*, Rimbaud avait déjà parlé des « rousseurs amères de l'amour ». Bien entendu, ces textes ne signalent pas nécessairement l'intérêt que Rimbaud pouvait porter aux femmes. À Paris, il se conduit scandaleusement, écrit des textes pornographiques et parodiques dans l'*Album zutique*. Mais point de femme effective à côté de lui.

Dans les quelques poèmes qu'on appelle parfois « Vers nouveaux » et qui seront écrits, à se fier à la date qu'ils portent, en avril-mai-juin-juillet 72, la place féminine n'est guère marquée, en effet. Ce sont tous textes d'une grande simplicité apparente et toutefois fort difficiles à interpréter ; Rimbaud s'y montre en état de *vacance*, au sens le plus fort du terme ; certains correspondent, en fait, au moment où soit à Charleville soit à Paris il devait attendre que Verlaine se décidât à tout quitter pour le suivre. Il était entièrement soumis aux volontés du couple que formaient Paul et Mathilde. Ce n'est donc pas un hasard si dans plusieurs de ces poèmes on voit des couples : *Michel et Christine, Jeune ménage,*

Bonne pensée du matin, à quoi l'on pourrait ajouter *Mémoire* qui, comme son titre l'indique, reprend aussi fantasmatiquement l'enfance de Rimbaud. Dans ce dernier cas, le couple était le sacro-saint ménage conjugal, scellé par l'Église, le sacrement du mariage, au cœur du « saint lit ». Les commentaires des trois autres varient considérablement selon qu'on se fie à la référence biographique ou que l'on regarde le poème en soi, dans sa stricte autonomie esthétique. Quelle que soit l'hypothèse de base que l'on adopte, il importe d'y considérer les couples représentés. Une constante, en somme.

Jeune ménage évoque plutôt une absence, une chambre vide, et l'on pourrait penser au ménage biblique, Joseph et Marie à Bethléem – c'est le dernier vers qui l'indique – mais encore, référence biographique, en adoptant une telle symbolique, on appréciera l'humour de Rimbaud montrant ce ménage troublé par quelque importun dont il pourrait vaguement endosser l'apparence : un malin rat ou quelque feu follet blême. Rimbaud, le rat malicieux, le rat des champs, ou le feu follet de Charleville ! *Michel et Christine* donne encore bien du fil à retordre à ceux qui aiment l'œuvre et n'en veulent pas moins la comprendre. Ces prénoms précis surgissent comme des énigmes, tout comme plus tard le fameux « Hortense » encore irrésolu du poème *H.* Un vaudeville de Scribe, représenté en 1821, portait ce titre, nous dit Étiemble. Mais les rapports avec le poème sont plus que lâches. Du reste, Rimbaud se borne à évoquer par allusion la Christine du titre en concluant, presque sans crier gare :

> Et Christ, fin de l'idylle !

À nouveau, l'histoire du couple est liée à un contexte religieux et se conclut sur un effet de chromatisme patriotique : la femme aux yeux bleus, l'homme au front rouge et l'agneau blanc ! Peut-être Rimbaud désigne-t-il ainsi la marque religieuse qui estampille le couple occidental et, loin de le conforter, l'abêtit, l'embrigade, le « débarbarise »…

Face à ces couples, on aime voir les amants de *Bonne pensée du matin* qui, eux, sont veillés par la Vénus païenne. Soleil et Chair, en somme. J'avoue ne livrer, en l'occurrence, que des impressions, dont le mérite est de s'inscrire dans une ligne de compréhension, de choisir un angle de vue. Cela ne nous apprend rien sur les amours de Rimbaud, sauf à désigner plus nettement à l'attention une image conjugale paraissant dans le texte et qui peut autant correspondre à un thème poétique qu'à une réalité vivante.

Plus tard encore, je relève le poème daté « juillet 1872 » (Rimbaud était alors à Bruxelles, avec Verlaine, ayant fui prestement Paris). « *Est-elle almée ?...* » Il interroge le lecteur, ou bien pose la question à sa propre adresse. Mais bien difficile de savoir qui est cette « elle » ? On dirait une entité féminine générique, comme celles que renferment certaines *Illuminations*. Une sorte de virtualité poétique. Un corps à venir ou un être en métamorphose. Une « almée » – indique le dictionnaire *Bescherelle* – est une poétesse arabe. Le mot signifie d'abord « savante ». Alors ? Une femme savante, comme l'Henriette de Molière, l'Henriette qui apparaît également dans un poème portant l'indication « Bruxelles, Boulevard du Régent » ? Une femme que l'on ignore, que Rimbaud ignore sans doute, mais qui sait tout et, toute-puissante quoique évanescente, forme sa poésie ?

Parmi les textes mal circonscrits qu'il rédige durant cette période s'imposent aussi les pages des *Déserts de l'amour*. Comment les dater ? Ou bien, les lisant, on choisit de les rattacher à ce qui stylistiquement leur est comparable, ou bien l'on considère qu'elles profèrent avant tout une manière de vérité biographique (onirique) à partir de laquelle il convient de les replacer dans le parcours de Rimbaud. Remarquons d'abord que nous sommes en présence d'un essai en prose, d'ailleurs savamment encadré par une présentation à tiroirs distinguant d'emblée l'« avertissement » de l'éditeur et l'auteur supposé de ces feuilles. Bon exemple de dédoublement artistique. Dans un premier temps, on nous dit que ces écritures-là sont d'« un tout jeune homme ». Ce n'est pas affirmer que le présentateur est tout jeune lui aussi, et Rimbaud offre, en l'occurrence, la plus patente preuve énonciative du « Je est un autre ». À considérer cette dernière fiction, force est de l'estimer plus élaborée qu'*Un cœur sous une soutane* ; mais je n'y perçois pas non plus de hargne, le sarcasme dominant les textes de l'été 1871. Mon hésitation persiste quand je considère l'élaboration savante de cette prose, à laquelle je donnerais plutôt, comme datation possible, mars-avril 1872, quand Rimbaud, congédié par Verlaine, et rentré de Paris, attend cependant d'y revenir. L'expérience avouée de l'amour se borne – et c'est là toute l'originalité de ce texte – à une relation onirique. Rimbaud nous livre deux échantillons du « journal de ses rêves » – ce que plus tard tentera un Luc Dietrich. Rêves qui cherchent à assouvir un désir sexuel, mais doivent s'interrompre. Nous avons là quelques pages merveilleuses, devant la beauté et l'étrangeté desquelles nous sommes démunis. Elles semblent néanmoins renvoyer à cet état de vacance qu'il aimait, qu'il chérissait à l'égal d'une méthode « néante » assurément productrice de ce qu'il appellera plus tard l'« hallucination simple ». Il est indubitable, en tout cas, que son choix d'objet dans ce texte est exclusivement féminin et qu'il le vit comme tel, avec deux figures un peu conventionnelles : la servante et la femme du monde, dont il tire de véritables effets érotiques, par la seule imagination qu'il nous offre de leur rencontre imaginaire. Évidemment le texte est toujours entouré de chicanes ; dans une certaine mesure il s'interdit, et le narrateur se construit une identité de fiction où Rimbaud se dérobe. Quoique prévus pour être plus longs, ces *Déserts de l'amour* forment finalement deux volets complémentaires, campagne et ville, peut-être l'alternance Roche-Charleville. Le monde de ce tout jeune homme est assurément plus riche que celui que Rimbaud pouvait connaître ; il est certain toutefois qu'il a composé ces histoires avec ce que lui fournissait la réalité immédiate : les parents ou la demeure familiale, les amis (nommés dans les deux narrations) et puis la toute mystérieuse, la Femme attendue pendant la puberté inquiète. Mais tout se brouille artistement dans sa tête ou dans son souvenir. La servante est à la fois familière et secrètement interdite : il parle à son propos de « noblesse maternelle, inexprimable », et l'acte sexuel est lié, ici plus nettement qu'ailleurs, à celui de l'écriture, à l'inspiration exotique, par exemple, puisque c'est « dans une corbeille de coussins et de toiles de navire » qu'il se produit. Or dans *les Poètes de sept ans* Rimbaud nous apparaissait méditant son roman dans sa chambre, étendu sur des

> pièces de toile
> Écrue, et pressentant violemment la voile.

Du poème de 1871 au récit onirique, la proximité « toile » / « voile » se condense dans une matière unique, la toile de navire. L'amour vaut ici la liberté qu'accorde l'écriture, non sans quelques remarques friponnes, très « vie parisienne » et French Cancan : « Je ne me rappelle plus que son pantalon à dentelles blanches. » Ce n'était plus la petite « fille des ouvriers d'à côté » ! Cependant, la servante, le « petit chien », celle qui déjà le taquinait au *Cabaret-Vert*, a sa contrepartie élégante, admirable, comme dans les plus beaux rêves d'adolescence l'Yvonne de Galais du *Grand Meaulnes*. « La Femme », dit Rimbaud. Alors le climat de rêve est accentué. Nous accédons à l'impossible, recherche et perte.

La beauté de cette perte équivaut d'ailleurs à l'éclat de toutes les possessions possibles. Et je crois que jamais Rimbaud ne nous fera approcher plus étroitement de sa détresse simple devant un désir qui ne fut pas comblé et qui, faute de l'avoir été comme il l'entendait, nous a sans doute valu tant de constructions illuminantes, tant d'autres ouvertures dans la cloison des nuits.

Revenu à Paris en mai 72, Rimbaud force plus ou moins Verlaine à abandonner son ménage. Les deux amis partent en Belgique en juillet, puis passent le Chanel en septembre. Le 7 septembre 1872 exactement. Ils habitent Londres et fréquentent surtout les Communards réfugiés là-bas. Verlaine, séduit et entraîné par Rimbaud, est malgré tout malcontent d'avoir laissé Mathilde. Et puis, âme faible, il se ronge à la pensée qu'elle a engagé par voie d'huissier une demande de séparation. Il espère secrètement pouvoir la reprendre et envoie de fréquentes lettres à son ami Edmond Lepelletier pour savoir ce qui se passe du côté des Mauté et connaître les démarches et les agissements de sa femme. Aussi se garde-t-il bien de gloser sur la relation toute spéciale qu'il entretient avec Rimbaud ; il s'épuise à dire que ça n'est pas ce que l'on croit. Il a même le projet (et cela, durant son séjour londonien, un séjour en deux parties, jusqu'en juillet 1873) de rédiger un mémoire complet pour son avocat où il raconterait son escapade avec le jeune homme de Charleville et se justifie-rait de bout en bout. « Mon cas avec Rimbaud est également très curieux – également et *légale-ment*. Je nous analyserai aussi dans ce livre prochain. » Aucun aveu, donc, et l'on pouvait s'y attendre, tant le scandale de son départ impromptu avait été grand auprès de sa famille comme auprès de ses amis littéraires de Paris.

Les deux hommes – c'est certain – vivent ensemble ; mais on doit imaginer des relations « tigresques » d'une incroyable tension. Évi-demment je ne pense pas qu'il y ait eu beaucoup de place pour d'autres amours. Il faut, malgré tout, analyser une exception et tenir compte de celle qui est nommée « Henrika » dans *Ouvriers*, un poème en prose de Rimbaud écrit à la pre-mière personne : « Henrika avait une jupe de coton à carreau blanc et brun, qui a dû être portée au siècle dernier, un bonnet à rubans, et un foulard de soie. » Rimbaud décrit ensuite une promenade suburbaine, puis note cette phrase pour le moins stupéfiante si on l'identifie au *je* qui parle : « Cela ne devait pas fatiguer ma femme au même point que moi. » Tout lecteur, s'il se prend au jeu des possibles autobiographiques, est interloqué devant ce « ma femme ». Il est patent que le poème mime la notation à caractère naturaliste. On est à l'époque des premiers romans de Zola. Il n'existe, à vrai dire, que bien peu de textes des *Illuminations* à présenter une tonalité de ce genre. Je n'en vois même qu'un pour lui être comparable, et c'est *Vagabonds*, le seul précisément dont on peut affirmer, sans gros risque d'erreurs, qu'il comporte une forte charge autobiographique, puisque les deux personnages qu'il met en scène correspondent au mieux à Verlaine et à Rimbaud, Verlaine transformé en pitoyable frère et Rimbaud en pèlerin de l'absolu cherchant « le lieu et la formule ». Toutefois, rien ne contraint à déduire de l'identique tonalité de ces deux textes une identique vérité biographique. D'abord – et je repense au titre *Ouvriers* – Rimbaud, à ce que l'on sait, n'a pas travaillé de ses mains durant cette période ; il s'est fait tout bonnement entretenir par Verlaine. Donc il ne saurait avoir été « ouvrier » en 1872-1873 ; ensuite, autre grande évidence, il ne s'est pas marié ! Il faut donc penser qu'il trace une scène abusivement vériste et qu'elle ne figure qu'une fiction montant en épingle la manie de précision, les petits faits vrais chers aux naturalistes. En fait, Henrika n'aurait pas plus existé que Nana, Gervaise ou Boule-de-

Suif. Il y a plus intrigant, toutefois, puisque Verlaine, beaucoup plus tard, parlant de Rimbaud, mentionnera sa « plutôt intellectuelle et en somme chaste odyssée » [*il avait tout intérêt à porter cette estimation*], mais donnera ce petit détail : « peut-être [...] une londonienne, rare sinon unique ». À croire ce qu'il dit sur Rimbaud, on risque souvent d'être égaré, mais le fait reste troublant, quoique de telles informations ne pussent que servir à le disculper d'une liaison amoureuse sur laquelle on n'avait que trop jasé. Il y eut un moment, néanmoins, où Rimbaud fut peut-être ouvrier à Londres, très court, en vérité, et ce n'est qu'un on-dit propagé par Delahaye. Toujours est-il que, passé sa liaison avec Verlaine et la publication d'*Une saison en enfer*, il retournera là-bas, l'année suivante, en 1874, avec Germain Nouveau, cette fois. Les deux hommes avaient quitté Paris en mars, et le début d'*Ouvriers* fait allusion à une « chaude matinée de février ». Rimbaud et Nouveau auraient travaillé quelques semaines dans une fabrique de boîtes de carton. On arrêtera là le cours de ces spéculations à propos de Henrika, non sans dire que c'est un prénom flamand... qui sonne bien mieux que Psukê. La fin du poème ne laisse guère d'illusions sur la survie du couple. Ils se voient comme des « orphelins fiancés », et celui qui parle n'a qu'un souhait : se détacher de la « chère âme ». « Chère image », « cher cœur », « cher corps », Rimbaud soulignera toujours ou mettra entre guillemets ces mots dans ses textes. C'est le ton Verlaine qui revient et qu'il cite à distance, le ton *Bonne Chanson*, petits poèmes pour Mathilde, comme le cher Paul continuait d'en faire à Londres. Voir la série des *Birds in the night* dans ses *Romances sans paroles.*

Verlaine, admirable poète, gardait en lui ce côté élégiaque inconsolable qui ne pouvait qu'irriter Rimbaud. L'homosexualité verlainienne n'a pas fait avancer Rimbaud d'un pouce sur le chemin de l'encrapulement vrai, je dirais ontologique, et de la réinvention de l'amour. Avec un tel comparse, il risquait bien de retomber dans les pires ornières de l'ancienne affection. Or il avait tout autre chose en tête. La portée nouvelle de sa poésie passe – c'est un fait – par un renouvellement de la forme, mais vitalement, existentiellement, elle exige aussi une autre teneur, un nouveau rayonnement donné à l'amour. Par-delà le choix spécifique d'objet, Rimbaud s'intéresse désormais à une qualité inouïe de l'amour. Il l'imagine et veut la réaliser. *Une saison en enfer* en apporte la preuve. Les lecteurs les plus attachés à la textualité pure qui, on ne l'ignore pas, a provoqué, outre de belles études, quelques dommages par simple méconnaissance, ont bien dû se rendre à l'évidence autobiographique de ce « carnet de damné ». Verlaine, observateur privilégié, caractérisera ce mince volume par quelques mots : « une espèce de prodigieuse confession autobiographique ». Certes, on peut la rattacher étroitement à la réalité. Et comme, à dire vrai, la réalité de ce temps-là nous échappe (nous en connaissons surtout les lettres de Verlaine et les déplacements accomplis par les deux compères), grande est la tentation de se servir de la *Saison* pour suppléer aux lacunes qui demeurent dans notre vision du Rimbaud de ces années. Du point de vue affectif, Rimbaud à Londres était dans une mauvaise passe. Il avait engagé dans une aventure de corps et d'âme quelqu'un qui ne le suivait pas vraiment. Lui, en vérité, n'avait rien à y perdre, alors que Verlaine allait plonger dans un gouffre noir, voir se ternir sa naissante notoriété, perdre Rimbaud, sa femme et, pour peu, la vie. Une fois consommé le drame de Bruxelles, Rimbaud, pour sa part, revient dans sa famille, dans le « trou » de Roche, et là finit en juillet-août 73 la *Saison* commencée en avril, lors d'un premier séjour. Le premier projet consistait à faire un « Livre païen » ou « nègre » – tout ce qui, par la suite, deviendra – croit-on – la section « Mauvais sang ».

Dans cette première rétrospection, où il évoque mythiquement son enfance, rien sur les petites amoureuses, rien sur la fugue accompagnée (?) de février 71, ni sur une possible déconvenue avec Blanche Goffinet ou toute autre. Après tout, il n'était pas forcé de livrer ce genre de confidences. *Une saison en enfer* n'a rien à voir avec les *Confessions* de Jean-Jacques Rousseau, ni avec « le siècle des cœurs sensibles ». Tout juste si, rappelant ses errances dans le froid de l'hiver, il nous dit : « Mais l'orgie et la camaraderie des femmes m'étaient interdites. » C'est peu ; mais cela suffit pour confirmer sa parfaite solitude. Au nom de quoi lui étaient-elles interdites ?... Ses propres penchants qui l'auraient écarté de telles rencontres ? Ou plutôt le manque d'argent et l'obstinée vigilance de sa mère ? De toute façon, il ne parle pas d'amour. Les femmes sont considérées par lui soit comme des prostituées : l'« orgie », soit comme des amies : « la camarade », un mot qui revient dans une des *Illuminations* : « Ma camarade, mendiante... » Tout cela ne signifie pas que Rimbaud a refusé de vivre avec des femmes. Il y songe même, vraisemblablement, dans ce temps de passage où, repensant sa vie antérieure, il envisage aussi celle qui s'ouvre devant lui. Avec un étonnant sens prémonitoire, que s'empressera de souligner

Isabelle, la plus jeune de ses sœurs, il note dès 1873 : « Les femmes soignent ces féroces infirmes retour des pays chauds. Je serai mêlé aux affaires politiques, sauvé. » Or il ne savait pas encore qu'il irait dans de tels pays, même si son père, officier en Algérie de 1841 à 1850, avait en ce domaine donné un exemple qu'il se gardera bien d'oublier. Et il savait moins encore qu'il reviendrait de là-bas infirme, invalide. Pressentiment alors ? Disons plutôt « programmation inconsciente ». Oui, par la suite, un enchaînement de circonstances inéluctable a fait qu'il est devenu ce qu'il avait dit. L'image de la femme à son chevet, de l'infirmière, correspond bien à l'une de ses prémonitions majeures. Cette grande affection qu'il réclame et qui ne s'exprime pas ouvertement dans l'acte d'amour, mais prend une dimension maternelle résiliatrice des plaies, du malheur. Au fond, et quoi qu'il en ait dit, il n'a pas renoncé à la « sœur de charité ». Il y a peut-être d'autant moins renoncé qu'à l'hôpital Saint-Jean à Bruxelles on s'était occupé de lui : des religieuses, sans doute.

Cependant, Rimbaud dans la *Saison* va bien affirmer son vice (sans préciser lequel, mais on compliquerait inutilement les choses à refuser de voir là une allusion à l'homosexualité). Il reste discret, néanmoins. De là le très remarquable montage de *Délires I* et l'histoire « déplacée » de son « drôle de ménage » avec Verlaine. Il lui importait donc de convertir en scène d'amour hétérosexuel ce qui relevait d'une amitié, d'une union très particulières. Et puisque le livre était placé sous le signe d'un catholicisme qu'il fallait en même temps dénoncer, car il était responsable de l'Occident du péché et de la faute, Rimbaud emprunte ses masques aux personnages d'une parabole qui se trouve dans l'évangile selon saint Matthieu, celle des vierges sages et des vierges folles. En tête de cette séquence, il inscrit la didascalie, les rôles : la *Vierge folle*, et nous verrons qu'il s'agit de Verlaine ; l'*Époux infernal*, et ce serait lui. Évidemment, on constate là un changement de registre, puisqu'auparavant lui-même s'adressait à Satan, alors qu'ici il devient l'Époux infernal. Certains ont pensé, toutefois, qu'il ne présentait qu'un dédoublement de lui-même. Je n'en crois rien ; car il suffit d'entendre cette partie du texte pour y percevoir deux types de langage, de syntaxe, d'intonation. L'ironie rimbaldienne, et c'est l'Époux démoniaque ; le lamento et l'angoisse verlainiennes, et c'est la plainte de la Vierge folle. Encore une histoire de couple – ce qu'annonçaient, nous l'avons vu, certains poèmes des « Vers nouveaux ». Au jeu des identités de rechange, Rimbaud choisit le masque masculin. Finalement la Vierge folle (Verlaine) parle aussi sottement, aussi misérablement que les petites amoureuses. C'est un supplément aux petites amoureuses. Et l'on imagine la rage de Rimbaud qui – c'est la seule fois où il s'exprime avec cette âpreté – s'écrie : « Je n'aime pas les femmes. » Si l'on veut, comme à mon avis il convient de le faire, adopter la convention de camouflage proposée par Rimbaud, ces paroles ne sauraient formuler un aveu d'homosexualité. Elles reviendraient plutôt à dire : « Je n'aime pas les femmes telles qu'elles sont aujourd'hui », et non pas « je ne les aime pas du tout », sous-entendu « parce que je préfère les hommes ». La preuve : si l'on scrute le double fond du texte, Verlaine est un homme trop *femme ancien modèle* pour Rimbaud, trop écrasée par la tutelle de l'homme. Les paroles suivantes sont extrêmement importantes, si l'on souhaite bien saisir la particularité de Rimbaud sur ce point – un point décisif et pivotal, car de sa conception de l'amour dépend la fondation d'une nouvelle poésie-action. Je lis donc : « L'amour est à réinventer, on le sait. » Une lecture de courte vue va, de suite, trouver là de quoi justifier l'homosexualité du locuteur. Mais ce n'est pas ça. La preuve en est qu'avec Verlaine l'homosexualité n'a rien donné, même si, à un moment de détresse,

Rimbaud a pu lui dire : « Je veux être avec toi, je t'aime. » Rien, hormis le scandale d'un encrapulement ostentatoire, mais non pas efficace. « L'amour est à réinventer » implique bien que c'est l'ensemble des relations amoureuses qui doit être vécu différemment. Là aussi il faut trouver. Et nous verrons que le Génie, lui, va trouver. Rimbaud semble être sûr de son fait. Lui, ou plutôt celui qu'il appelle l'Époux infernal. Et en cela, si bizarre que cela semble, il prétend ne pas se distinguer des gens de son époque. « On le sait », dit-il, comme si c'était affaire entendue que l'amour conjugal patronné par le christianisme serait une belle sottise et qu'aussi bien l'ère de la charité est dépassée. Cupidon, Éros, Agapé, il convient de sortir de ces différentes impasses. Surtout – et ici je réduis peut-être l'angle de sa proposition – le mariage aujourd'hui n'est plus possible. Que désirent les femmes maintenant ? À son avis, rien que de très banal : une position sociale. La constatation qu'il avance est quasi sociologique : « Elles ne peuvent plus que vouloir une position assurée. La position gagnée, cœur et beauté sont mis de côté. » Peut-on vraiment parler d'un Rimbaud misogyne ? Je ne crois pas. Mais d'un Rimbaud fidèle à ce qu'il disait déjà dans la lettre « du voyant » du 15 mai 1871 où il déplorait à la fois l'infini servage subi par les femmes et celles-ci souhaitant devenir d'honorables mères de famille. Il adresse finalement une critique franche à la femme « casée », placée dans un cadre social. Une fois la position gagnée, plus d'érotisme, plus d'amour. Comment ne pas penser ici à l'expérience qu'il eut du couple formé par ses parents ? Attention, cependant. Il y a deux types de femmes dans les paroles de l'Époux infernal. Celles qui se trouvent dans une position, un état, les bourgeoises de son temps, épouses et mères respectées. Et puis celles qu'il nomme les « camarades », un mot que l'on a déjà rencontré. C'est une catégorie plus floue. Il les caractérise bizarrement : « avec les signes du bonheur », dit-il, de façon elliptique. Qu'est-ce à dire ? Gardant « cœur et beauté », selon moi. Tout ce qui nous vaut le bonheur, soleil et chair. On n'est pas très loin de Stendhal : « La beauté est la promesse du bonheur. » Mais celles-là, Rimbaud ou son porte-parole ne peuvent que les remarquer de loin, ils n'en feront pas de « bonnes camarades », car elles sont prises, « dévorées [*je le cite*] par des brutes sensibles comme des bûchers ». Le texte original, en effet, porte bien « bûchers ». Il semble évident, toutefois, qu'il faille lire « bouchers ». Rimbaud n'a pas corrigé les épreuves du seul livre de lui qui fut publié !

L'analyse dans la *Saison* se poursuit. Je n'irais pas jusqu'à dire l'auto-analyse ; mais Rimbaud avance en lisière de son inconscient... L'heure est « sévère ». À Bruxelles, il a manqué « y passer ». Alors, avant d'entrer dans l'obligatoire vie française, il autopsie les nécessités auxquelles il doit faire face : travail, famille, patrie, avec, à chaque fois, des réponses, mais aussi des hésitations. Travail ? « Vous n'aurez pas ma main. » Famille ? « Je n'aime pas les femmes » (telles qu'elles sont aujourd'hui ; ou bien celles qui me conviendraient sont inabordables). Patrie ? Il refuse le « sentier de l'honneur ». J'y reviens pourtant. Aucune misogynie, mais le couple de sa mère et du capitaine lui a ouvert les yeux. Et encore plus le couple Mathilde-Verlaine. Rimbaud s'empresse de généraliser (tout en pensant à Verlaine) : « Tu vois cet élégant jeune homme, il s'appelle Duval, Dufour, Armand, Maurice [*quatre noms ou prénoms où s'entend par recoupement celui d'Armand Duval, l'amant de* la Dame aux camélias], une femme s'est dévouée à aimer ce méchant idiot : elle est morte, c'est certes une sainte au ciel, à présent. » On pourrait appeler ça la démonstration *Dame aux camélias*, qui frappe beaucoup de jeunes gens de l'époque (pensons, encore une fois, au cher Isidore Ducasse « aux lèvres de jaspe »). Toute la démonstration de Rimbaud, très rapide, très suggérée, a pour dessein, bien entendu, d'anéantir Verlaine. Mathilde s'est dévouée pour ce « méchant idiot » – Mathilde, et plus encore Rimbaud lui-même ! Rimbaud, âme charitable. Évidemment, ce fut une charité ensorcelée, au-delà du bien et du mal. Et pour quel triste résultat ? L'incompréhension du bénéficiaire pressenti, le pauvre Paul. Au fond, Rimbaud a fini par comprendre Mathilde...

N'allons pourtant pas croire qu'*Une saison en enfer* réglerait les comptes d'un débat anecdotique limité à un couple ou à un trio. L'anecdote est ici largement dépassée. Repérons plutôt l'insistance du biographique vite élevé à un exposant mythique qui confère dès lors à la *Saison* son universalité. Avec l'échec du couple, c'est aussi l'impossibilité de vivre en Occident qui se dessine pour Rimbaud. Il faut vivre à soi seul – contrat qu'il remplira parfaitement par la suite. Mais – et je voudrais qu'on en fût persuadé –, sa position vis-à-vis des femmes demeure très bienveillante, très équilibrée. Les hommes, eux, les époux paranoïaques sont choisis pour cible. Écoutons encore le texte : « J'ai eu raison de mépriser ces bonshommes qui ne perdaient pas l'occasion d'une caresse, parasites de la propreté et de la santé de nos femmes, aujourd'hui qu'elles sont si peu d'accord avec nous. » Ce n'est plus l'Époux infernal qui est censé parler ainsi, mais seulement le *je* auctorial d'*Une saison*. Représente-t-il un groupe ? En tout cas, il parle de « nos femmes » ; et aux « nous » et « nos » dont grammaticalement il fait partie, il oppose un de ces « bonshommes », autre groupe où l'on pourrait ranger Verlaine et ceux qui ont des mœurs semblables à lui. Il se désolidarise de certains homosexuels qui – Rimbaud l'a bien vu avec Paul – sont toujours prêts à faire sentir leur désir appropriateur. Je comprends moins l'apposition, « ces parasites de nos femmes », bien que l'on puisse penser à la situation de Verlaine lui-même auprès de Mathilde, profitant de ses beaux-parents et pervertissant la jeune épouse. Interprétation bien étroite, je le concède, mais qui coïncide bien avec le début de *l'Impossible*, quatrième partie d'*Une saison en enfer*, où il est question avant tout pour Rimbaud de faire sécession, de prendre ses distances avec tous les groupes sociaux qui jusqu'à maintenant l'ont assujetti.

Après quoi vient le rêve oriental, la sagesse de l'Orient. Rimbaud pense aux Indes, surtout… Comme preuve que la *Saison* balance constamment entre le strict biographique et le mythe qui peut l'élever (au sens hégélien du terme), on doit relire la fin du livre même. Elle combine étroitement une préoccupation très momentanée et une aspiration quasi métaphysique : « Que parlais-je de main amie ! un bel avantage, c'est que je puis rire des vieilles amours mensongères et frapper de honte ces couples menteurs, – j'ai vu l'enfer des femmes là-bas ; – et il me sera loisible de *posséder la vérité dans une âme et un corps.* » Ces vieilles amours peuvent avoir été les siennes, encore qu'il soit bien jeune, et ces « couples menteurs » désignent à merveille le couple illusoire, de pure apparence, formé par Verlaine et Mathilde. Quant à l'expression « l'enfer des femmes », étant donné ce que Rimbaud a pu dire de celles-là, à savoir qu'elles doivent beaucoup supporter, je serais assez tenté de croire que, génitif subjectif, elle renvoie à l'enfer *subi* par les femmes en notre civilisation, en l'état de choses où nous vivons et par la faute de certains hommes. Conclusion, qui est celle d'*Une saison* et qui tient compte de ce que Rimbaud a dû supporter ces deux dernières années : il faut se sortir d'une telle impasse. Aucune sœur de charité, aucun frère de charité ne sont à espérer. Quant à l'amour très étrange qu'il voulait apporter, sa bonne nouvelle à lui, au nom de la poésie revitalisée, qui pourrait les entendre et pourquoi se dévouer pour de méchants idiots ? On

comprend mieux en ce cas sa tentative de camaraderie poétique, ce compagnonnage essayé avec
Verlaine (Verlaine est le seul dont nous sachions
qu'il lui ait dit « Je t'aime »), tout cela sur fond
d'encrapulement actif, mais pour aboutir, par
déception fondamentale, à son départ, à sa décision d'arrêter là. Les femmes, comme on a pu le
constater, y ont été pour beaucoup. Non qu'elles
lui aient causé une déception inguérissable, ni
que Rimbaud ait définitivement choisi le milieu
homosexuel, mais il s'est rendu compte de l'impossibilité du couple et, de ce fait, jeune et solitaire, il n'a pu mener à bien l'annonce du nouvel
amour qu'il édifiait en lui cependant, comme
une nécessité inéluctable.

Mais comment assurer que tout se présenta
aussi clairement à son esprit ? Et de quelle
substance fut ce nouvel amour ? En demeure-t-
il des indices dans le texte même ? En effet, le
moment est venu de passer à un autre niveau (si
l'on veut bien admettre une telle hiérarchisation
dans les écrits de Rimbaud). Certes, nous nous
heurtons d'entrée de jeu à des difficultés majeures, celles qui attendent tout lecteur du manuscrit des *Illuminations* : ses composition, datation,
transmission, et toutes les incertitudes qui en
découlent. Un ensemble de feuillets, vraisemblablement écrits à différentes époques, mais

correspondant tous à des mises au net en vue d'un livre que sans doute Rimbaud n'a jamais pensé dans sa totalité. On parle de ces cinquante-quatre poèmes en prose (sont-ils même des poèmes en prose ?) comme s'ils répondaient à un projet unique. Or il suffit de les lire pour voir s'y dessiner des séries diverses plus ou moins narratives ou symboliques.

D'ores et déjà il est juste d'affirmer qu'un certain nombre de femmes, hautement fabuleuses, peuplent ces « Illuminations ». Si l'on devait les spécifier, on aboutirait à plusieurs ensembles, ce qui donnerait un nouveau fil de lecture pour ces poèmes évidemment polyphoniques entretissés de quantités de fibres. Un premier repérage permet de constater l'existence de poèmes énumératifs et d'autres où une femme à caractère fabuleux domine. Parmi les énumérations : *Enfance I*, *Fête d'hiver*, *Dévotion*. Dans la seconde catégorie, dynamisant pour ainsi dire une figure surprenante et subjugante : *Aube*, *Angoisse*, *Fairy*, *Bottom*. Et puis, bien des références disséminées dans ces poèmes et prouvant l'équilibre en nombre des personnages sexuellement marqués. C'est ainsi qu'il faut bien conclure qu'il n'y a dans les *Illuminations* aucune dominante masculine, même si *Antique* (voir l'importance de ce titre de caractère descriptif) construit un être hermaphrodite, même si *Conte* fait se rencontrer le Prince avec un soi-même secret dans une parfaite effusion érotique et si *Parade* expose des « drôles très solides », dont certains ont bien l'allure de jeunes prostitués qui vont « chercher du dos » (du souteneur) en ville.

Apparemment nous nous écartons des amours de Rimbaud, mais nous nous rapprochons du lieu de ses fantasmes et du diorama imaginaire par lequel il les a mis en scène. Très consciemment, par exemple, le texte *Enfance I* détaille un considérable personnel féminin que l'on serait tenté de rapprocher de lectures romanesques ou poétiques. « Le cœur fou Robinsonne à travers les romans. » Que de femmes ainsi rassemblées dans le melting pot des *Illuminations*, dont le cosmopolitisme est un mécanisme agissant : une « idole, yeux noirs et crin jaune, [...] mexicaine et flamande » formant déjà un exemple de ces hybridations que Ducasse, lui, fera tourner à la monstruosité ; une « fille à lèvre d'orange », des « dames », des « enfantes », des « géantes » (comme chez Baudelaire), de « superbes noires » (c'est encore très baudelairien, pensons à *Sed non satiata*), des « sultanes » (le côté *Mille et Une Nuits*), des princesses, de « petites étrangères » (puisque Rimbaud était à l'étranger, sans doute), et les jeunes mères et les grandes sœurs qui le rapprochent quelque peu de son monde familial, et les personnes doucement malheureuses (pour mimer Verlaine) ! Dans toutes celles-là, il y a de quoi choisir, comme dans les « maisons » naguère fréquentées par Leiris et Bataille. Chacune a son rôle, ses attributs. Mais leur fonction la plus manifeste consiste à signaler les éléments d'un monde. Elles répondent à la « polymathie » de Rimbaud voulant mettre dans certaines de ses *Illuminations* une totalité, un *aleph*. Parfois, cette tentation de l'universalité en ses variétés et ses différences s'exprime par le biais de la culture – de la peinture, par exemple, alliant vision et voyance, et qu'il n'aimait guère, s'il faut en croire le témoignage de Forain ! « À quelque fête de nuit dans une cité du Nord, j'ai rencontré toutes les femmes des anciens peintres », dit Rimbaud dans *Vies III*. On pense à une kermesse en Belgique, à de beaux masques : tourbillon de flamandes rembranesques et finettes de Watteau. Ailleurs, une courte pièce, très précisément intitulée *Fête d'hiver*, les fait tournoyer sous des jeux de lumière, ces « Nymphes d'Horace », ces « rondes Sibériennes », ces « Chinoises de Boucher ». Mais pour atteindre plus intimement ce que pensait Rimbaud, ce qu'il attendait de l'être féminin, rien ne vaut, je crois, sa très déconcertante *Dévotion*, une manière de litanie, une suite de prières pour faciliter quelque intervention miraculeuse, une série d'ex-voto. Autant de définitions qui conviennent, et encore une suite de vénérations très personnelles où certainement entre une bonne part de parodie. Les noms continuent de surprendre. Rimbaud en a voulu ainsi. Rien n'assure qu'il ait connu la sœur Louise Vanaen de Voringhem (j'évoquerais pourtant, par scrupule, son séjour à l'hôpital Saint-Jean de Bruxelles), ni, à plus forte raison, cette Léonie Aubois d'Ashby à laquelle Breton érigera un autel lors de l'exposition internationale du Surréalisme en 1947 et dont le nom – nous le savons depuis peu – viendrait du bois d'Ashby dans l'*Ivanhoe* de Walter Scott. On retiendra que ces deux-là sont des sœurs, autrement dit des bonnes sœurs, des « sœurs de charité ». Rimbaud reste fidèle à cette image de la femme qui prend soin de l'homme, qui l'assiste. Et puis il y a Lulu, démon. C'est l'autre face, n'est-ce pas ? La femme érotique. Et celle-là est réservée aux hommes, pour l'orgie et non la camaraderie.

Quant aux femmes fabuleuses, Rimbaud, en poète créateur de formes et comme halluciné par une tentation de saint Antoine, en a composé plusieurs, à sa façon, dans le climat de genèse alchimique qui est le sien. Quelques-unes sont franchement inquiétantes, comme la Reine, la Sorcière qui détient le secret dans *Après le Déluge* ou bien celle qu'il nomme la Vampire dans *Angoisse*. Il ne faut pas beaucoup d'imagination pour y déceler une image de la mère dévorante et porteuse de toutes les menaces. Chacun s'accorde à dire que Madame Rimbaud pesa de tout son empire sur l'enfance de son fils, elle a continué de le vampiriser à la petite semaine et il ne s'est jamais vraiment détaché d'elle, bien qu'il se soit employé à lui déplaire, elle de son côté lui serinant des reproches de ce genre : « Te voilà bien avancé ! » Rimbaud dans son avance obstinée, son aller en avant a dû compter avec ce *retard*. En revanche, d'autres poèmes exposent une vision tutélaire de la mère, comme le plus célèbre : *Aube*. C'est elle qui est recherchée, poursuivie dans le texte, comme s'il fallait à tout prix la rejoindre. « Immense corps », soit ! tel celui de la géante de Baudelaire, mais corps protecteur. Ce poème-rêve va jusqu'à l'inceste avec la toujours jeune mère, celle qui donne le jour. « L'aube et l'enfant tombèrent au bas du bois. » Qui parle ici ? Le problème de l'énonciation est constant dans les textes de Rimbaud. Dans celui-ci le passage se fait d'une première personne qui domine presque tout le récit à une troisième personne spécifiant enfin qui parlait auparavant : « l'enfant ». Mais ceci à la chute du poème, comme une clef donnée *in extremis*.

Les textes de caractère érotique sont bien présents dans les *Illuminations*. On pourrait même dire que l'acte de quête et d'effusion en forme l'un des motifs principaux. Il ne s'agit plus alors d'une recherche proprement dite, mais d'une consommation, voire d'une consumation de l'acte. Les *Illuminations* sont hantées d'amours impossibles, et je vois s'y repeupler continûment ces fameux *Déserts de l'amour* dont nous avons parlé. Ainsi se créent d'authentiques êtres oniriques, parfois donnés à étreindre, parfois échappant au visionnaire, au visionneur. On verse sur l'autre bord de la nuit : « La mer de la veillée, telle que les seins d'Amélie », écrit fort curieusement Rimbaud. Certes, si Rimbaud avait écrit Psukê, Blanche ou Henrika, nous aurions été autrement rassurés, alors que cette Amélie sort de sa lanterne magique sans crier gare. Je n'en connais qu'une dans le domaine des fictions littéraires : la sœur du *René* de Chateaubriand. Ce qui est étrange, c'est que le héros des *Déserts de l'amour* était déjà présenté comme une sorte de René, « sans mère, sans pays ». De René, en effet, on savait qu'il était « sans parents, sans amis » et accablé d'une « surabondance de vie ». Dans un fragment de *Phrases* également, Rimbaud témoigne bien de la féminité de ses fantasmes, lui, « maître en fantasmagories » : « Je baisse les feux du lustre, je me jette sur le lit, et tourné du côté de l'ombre je vous vois, mes filles ! mes reines ! » Et nous savons aussi qu'il eut son rêve d'une nuit d'été, quand il écrivit *Bottom*, d'abord intitulé *Métamorphoses*. Le poème *Enfance I* recensait parmi les adorables des « dames ». Or le voici en véritable amant courtois chez sa « dame » qui lui fait subir, hélas ! bien des humiliations, à telle enseigne qu'il ne pourra pas vraiment la toucher, mais devra passer par toute une série d'avatars animaux : gros oiseau gris bleu, gros ours aux poils chenus de chagrin, pour l'approcher, sans doute incomplètement. On retrouve ici la même déception lisible déjà dans les deux dénouements des *Déserts de l'amour*. Finalement, si l'on en croit le texte, c'est à la prostitution suburbaine que ce rêveur va s'adresser et brailler, comme un âne, son grief.

Mais parfois se dresse sur le mur des nuits une merveilleuse image, un être de beauté, par exemple, dont on doit penser qu'il est féminin. Le modèle rimbaldien demeure Vénus qu'il avait pourtant outragée dans sa *Vénus anadyomène* et les poésies crapuleuses de l'été 1871.

Il est bien vrai qu'il avait « assis la Beauté sur ses genoux » et l'avait injuriée, comme le notait le début d'*Une saison en enfer*. Il est non moins vrai qu'il a su, par la suite, la reconnaître de nouveau : « Je sais aujourd'hui saluer la beauté », précise la fin de *Délires II*. Assurément, la beauté des *Illuminations* est d'une tout autre espèce, tout comme l'amour qui tente ici d'être réinventé, ce qui répond en écho aux propos de l'Époux infernal. Rimbaud utopiste ? Sans doute. Cette utopie, pourtant, ne suffit pas pour que l'on discrédite sa tentative, le fait qu'il ait projeté dans un autre espace, comme Fourier, des idées, des pensées. Au moment même de son échec avec Verlaine, de l'échec du ou des couples qu'il éprouve durement, il prend place aussi, au fur et à mesure, dans un espace projectionnel. Ainsi dans quelques rares poèmes qui occupent, à n'en pas douter, le sommet de son œuvre, mais aussi doivent se situer en fin de course, il fait un peu plus que dire, il propose, il « programme ». Dans *Being Beauteous*, les corps sont revêtus d'un « nouveau corps amoureux » ; dans *À une Raison*, le « nouvel amour » se révèle, tandis que la Raison, comme la déesse Raison, mademoiselle Maillard sur l'autel de Notre-Dame de Paris, en 1793! tourne et détourne la tête, imposant ainsi sa volonté à l'humanité en marche.

101

Mais c'est, bien sûr, dans *Génie* qu'il donne le fin mot, et nous pouvons voir en cela l'une des causes pour lesquelles on a couramment placé ce texte à la fin de l'ensemble composite des *Illuminations*. Rimbaud, depuis *les Sœurs de charité*, a évoqué ce génie que l'on retrouve également dans l'apologue de *Conte* et, plus tard, considérablement dégradé, dans une lettre adressée en 1875 à Delahaye. Or il prétend offrir aux hommes « l'amour, mesure parfaite et réinventée, raison merveilleuse et imprévue ». Aucune difficulté pour montrer, sans forcer le texte, que Rimbaud entre alors en résonance avec certains de ses poèmes, *À une Raison*, par exemple, et avec les propos de l'Époux infernal de la *Saison*, ici textuellement repris : « L'amour est à réinventer. » Si l'on cherche à y voir clair dans l'amour rimbaldien, dans l'amour qui existe en puissance chez lui, il convient de se répéter les mots de ce texte. La grande affirmation qu'on y peut lire implique une opposition au christianisme. Le génie succède au Christ : fin des agenouillages anciens, des peines, du péché, de la rédemption, des anciens corps, des vieux ménages, des colères des femmes et des gaietés des hommes. En ce sens, Rimbaud est très net, même si lui-même, dans sa vie, n'a pu fournir aucun échantillon du nouvel amour, ni avec

Verlaine ni avec Nouveau, ni avec quiconque, homme ou femme. Alors, bien entendu, malgré l'annonce et la force de sa profération, on reste dans le mystère, comme s'il nous fallait comprendre, entendre un message en suspens ou crypté. Mais, à partir de tels textes, Rimbaud s'exempte du contrat humain habituel ; il n'est plus dans l'enfer de l'espèce ; il nous montre, en revanche, notre faillite. Simplement il pose son Génie comme un encouragement, comme l'exemplaire unique d'un autre monde promis. Puis il s'en va. Ainsi s'expliquerait non pas son silence, mot galvaudé quand il s'agit de lui, mais son abstention. Au fond ce qui importe c'est tout à la fois cette abstention à double tranchant de Rimbaud – qu'il ait fait ses adieux une ou plusieurs fois – et, par-dessus tout, le don qu'il nous a laissé et dont le rayonnement ne cesse, insaisissable et néanmoins présent, comme l'air que nous respirons.

III

Les étrangères

Une fois publiée la *Saison* et vécue la passade avec Germain Nouveau, Rimbaud entre dans une période de grande solitude. La solitude, d'ailleurs, fut toujours son lot, même si des amitiés l'entourèrent. Et cette solitude implique une probable chasteté ou l'acte solitaire, auquel, à deux reprises, il semble avoir adressé sa dévotion : ce serait sa « seule prière muette » et le secret de la dynamique amoureuse, l'« ardente hygiène des races » évoquée dans *H.* « Trouver Hortense », donc. Mais nous ne sommes pas près de la trouver, à moins de la transformer en passagère héroïne de roman, comme le fit Aragon dans *Anicet ou le Panorama*.

Il est bien difficile de suivre Rimbaud, à partir d'une certaine époque, encore plus difficile que pour les premières années. Ses différents voyages à travers l'Europe, l'odyssée à Java pouvaient lui donner l'occasion de « connaître » des hommes ou des prostituées. Il ne s'en est confié à personne. Et rien n'en demeure dans ses textes, dans ses lettres. Aucune trace, hormis l'intrigant épisode de Milan, l'un des plus troublants mystères de sa vie.

Le témoignage en vint par Delahaye, dont on sait qu'il est plutôt fiable. Après un séjour en Allemagne début 75 à Stuttgart où pour la dernière fois Rimbaud revoit Verlaine, il décide de partir en Italie, tantôt par le train, tantôt à pied. Affamé, dépenaillé, il arrive à Milan et là se serait fait héberger par une veuve compatissante. En 1888, Verlaine parlera de quelque « *vedova molto civile* ». Une veuve bien aimable, donc. Avait-elle passé l'âge où les femmes sont désirables ? De toute façon, Rimbaud restera chez elle quelque temps pour se refaire une santé. Elle habitait 39, « *piazza del Duomo* », place du Dôme au troisième étage, « *terzo piano* » ; toutes ces indications ont été portées sur une carte de visite par Rimbaud lui-même, avant de l'envoyer d'Italie à son très cher Delahaye. Les recherches ne se sont pas poursuivies pour connaître l'identité de cette veuve – ce qui ne doit pas être impossible, à moins que les archives du temps n'aient été perdues ou détruites. À défaut d'une photographie de la « *vedova* », on peut regarder, du moins, celle que retrouva en 1990 Mauro Macario, un poète italien. Elle représente l'immeuble du 39, place du Dôme, disparu depuis. L'allure du bâtiment est peu engageante, misérable même. Peut-être la veuve louait-elle des chambres ou tenait-elle un hôtel au troisième étage ? On ne saurait, sans exagération, assurer que Rimbaud l'aima ou qu'elle l'aima. Mais une indication supplémentaire fournie par Delahaye prouve – semble-t-il – qu'elle l'estimait. En effet, chose incroyable, Rimbaud, durant ce mois de mai 1875, aurait demandé à Delahaye de lui envoyer l'exemplaire de la *Saison* qu'il avait donné deux ans auparavant à son ami. Était-ce pour dédommager la veuve de ses bontés ? Était-ce pour parler littérature avec elle ? Ce tardif intérêt pour son œuvre a de quoi surprendre ; mais cela ne renseigne pas davantage sur la femme italienne…

Ensuite, c'est le Rimbaud voyageur fabuleux, « increvable », de Java, la Suède, Chypre, avec toujours des retours quasi rituels à Charleville ou à Roche. Mais, exceptées sa mère et sa sœur Isabelle (Vitalie, l'autre sœur, qu'il aimait profondément, était morte en 1875 et Rimbaud avait assisté à son enterrement ; quant à Frédéric le frère, Arthur le tenait pour un imbécile), exceptés Delahaye, Millot et Pierquin, les camarades de Charleville, « pas une main amie, et où puiser le secours » ? Le temps qu'il est à Roche ou à Charleville, il se tient coi. Il vient se « requinquer », comme lui répète sa mère. Aucune liaison connue, ni même envisageable. Il n'en était pas question.

En 1880, le voici en route pour Chypre une nouvelle fois. Mais, sans travail là-bas ou bien fuyant l'île en raison d'un meurtre qu'il aurait commis sur un ouvrier – un meurtre sans doute involontaire : il aurait tué l'homme en lançant une pierre par inadvertance et l'autre serait tombé mort, atteint par ce bloc... Rimbaud franchit le canal de Suez et cherche un emploi dans les ports de la Mer Rouge. Il arrive à Aden, se fait engager par les Bardey et surveille d'abord un atelier de femmes, des Indiennes, qui trient le café avant qu'il soit expédié, empaqueté, en Europe. Rimbaud vit alors chichement, ne fume pas, ne boit pas. Il met de côté tout son argent et mène la vie des célibataires de la ville. On ignore, en fait, s'il fréquenta des prostitués (hommes ou femmes)... Il y en avait nécessairement, dans ce grand port, mais on ne sait rien sur ce point. Tous ces détails font partie de la vie secrète des êtres et des communautés. L'histoire mondiale des bordels reste à faire ! Rimbaud, pour en revenir à lui, ne s'encroûtera pas longtemps dans ce cratère d'Aden. Les Bardey lui donnent enfin un emploi dans leur nouvelle agence de Harar, une grande ville de 40 000 habitants située dans la corne de l'Afrique. À cette époque, placée sous le contrôle des Égyptiens, elle n'était pas encore annexée à l'Abyssinie. C'était un centre de la religion de l'Islam et Rimbaud va très vite penser qu'il doit s'adapter aux usages locaux. Il se fera d'autant mieux voir de la population et réussira plus sûrement son commerce auprès des autoch- tones. Il lit le Coran, s'habille souvent à la musul- mane, etc. Évidemment, il y a beau temps qu'il n'écrit plus de poèmes, ni le carnet de son enfer. Quant à l'endroit où il vit maintenant, rien qui ressemble à des lieux infernaux comme la four- naise d'Aden. On est à 1 500 mètres d'altitude, entouré d'une végétation verdoyante. Il envoie de nombreuses lettres. À ses employeurs, d'abord, par nécessité. Puis à ceux qu'il appelle « les miens », Isabelle et sa mère. Il se plaint beau- coup, sur un ton sec, sans larmes. Son temps, il le passe à vendre des objets ou à prospecter des zones de marché. Un événement survient – qui n'a rien d'affectif. Ou plutôt, si l'on veut faire un vilain jeu de mots, il s'agit bien d'une « affec- tion », de la pire espèce ! Comme il dit aux siens : « J'ai pincé une maladie, peu dangereuse par elle-même » (15 janvier 1881). La maladie en question semble avoir été la syphilis. C'est, du moins, ce qu'affirmera Alfred Bardey son patron qui, venu à Harar quelques mois plus tard, en sera informé par Rimbaud lui-même, très attentif alors à ne pas contaminer ses hôtes et se réservant son couvert et son verre sans les transmettre à quiconque. Cette syphilis laisse supposer un rapport sexuel avec un partenaire masculin ou féminin. On ne saurait s'en étonner chez un homme jeune, plein de sang. Il n'était nullement tenu à la chasteté. Reste à savoir comment le mal lui vint. Doit-on imaginer une maison de prostitution harari ? C'est plus que probable. Les mœurs, de nos jours, y sont encore fort libres, et les femmes, souvent d'une grande beauté, se conduisent avec plus de liberté que les hommes. Rien n'empêche non plus de formuler l'hypothèse selon laquelle Rimbaud aurait eu recours à des prostitués. Antoine Fongaro le pense et son idée est admissible. À partir de 1881, Rimbaud aurait donc été syphilitique, un méchant coup de pied de Vénus, de la Vénus noire. Baudelaire en était mort en 1867. Rimbaud lui, connaîtra un autre destin.

Cette première fois, il n'est pas resté longtemps à Harar. Des différends l'opposent à ses patrons : il est prêt à donner sa démission, il rentre à Aden. Toute l'année 1882 il bougonne dans son emploi subalterne. Mais en 1883 il repart à Harar, en qualité de directeur, cette fois ; et c'est durant cette période que l'on peut situer la seule « liaison » féminine véritablement attestée dans sa vie. Nous disposons, en effet, à ce sujet, de preuves plus sérieuses ; et même récemment, en juin 1991, a fait surface le prénom de la femme en question qui se serait appelée Mariam, l'équivalent de Marie en langue amhara. Ce prénom nous prouve qu'elle était Abyssine et, par conséquent, de religion chrétienne, puisque, fait remarquable, les Abyssins constituent le seul peuple africain qui ait observé la religion chrétienne – et cela, bien avant la naissance et la propagation de l'Islam. Ainsi, Ménélik, d'abord roi du Choa, avait fait construire une église dédiée à Mariam la Vierge. Dans le journal de Mgr Taurin Cahagne qui avait installé une mission à Harar, du temps où Rimbaud y habitait, on peut lire à la date du 10 août 1884: « M. Henri [*Il s'agit à l'époque du consul français d'Aden*] s'est mis en route... une femme abyssine, Mariam, laissée ici par M. Rimbaud, l'accompagne pour gagner Aden. » Mgr Taurin ne dit pas « la femme de M. Rimbaud », et cette imprécision pose problème. En tout cas, la date – août 1884 – confirme un faisceau de témoignages, tous postérieurs à la mort de Rimbaud, il est vrai – puisqu'ils ont été produits de 1897 à 1923. Le premier à avoir parlé de cette femme fut Alfred Bardey, l'employeur de Rimbaud, lorsque Paterne Berrichon, le mari d'Isabelle composant la biographie du poète, lui demanda quelques éclaircissements sur l'existence de son employé. Bardey lui apprit donc cette liaison avec l'Abyssine et lui assura qu'elle eut lieu à Aden de 1884 à 1886. Il faut cependant remonter à 1883, au moment où Rimbaud allait faire son deuxième séjour à Harar. Il fut bref, puisque dès l'année suivante, comme les autres commerçants européens, il dut quitter la ville, la situation politique s'étant aggravée et les Bardey ayant décidé de fermer leur comptoir africain. Par simple déduction de dates, on découvre que ce fut à Harar que Rimbaud connut cette Mariam, puisque – comme le dit Mgr Taurin en août 1884 – elle quitte Harar pour rejoindre Rimbaud qui l'« avait laissée là ». Rimbaud – rappelons-le – était parti dès le mois de mars à Aden. Mariam ne le rejoindra que cinq mois plus tard. Dans la seule lettre où il est possible qu'il évoque cette femme, il précise qu'elle avait été apportée du Choa. C'était ainsi confirmer son ethnie ; car, à l'époque, régnait sur le Choa le souverain abyssin Ménélik. Harar, à quelque trois cents kilomètres de là, ne faisait pas encore partie de ce qui allait devenir son empire. Rimbaud, durant son séjour en 1883-1884 au Harar, est-il allé dans le Choa ? C'est peu probable. La route entre ces deux zones géographiques n'avait pas encore été explorée par un Blanc ; mais Mariam, elle, avait pu en venir par caravane. Il est certain que sa présence auprès de Rimbaud a l'air naturelle pour Mgr Taurin, quand il en parle dans son journal. Elle pouvait fort bien n'être qu'une servante ou une concubine fictive, puisque, dans un milieu musulman comme celui de Harar, il était bien vu de vivre avec une ou plusieurs femmes.

Rimbaud, par ailleurs, disposait d'une domesticité. Il est permis de penser, par exemple, que le jeune Djami, qu'il n'oubliera pas sur son lit de mort et à qui il léguera une importante somme d'argent, le servait dès cette époque ; mais on ne voit apparaître indubitablement ce serviteur qu'en 1887, au Caire, quand son nom est mentionné sur le passeport de Rimbaud. Plusieurs personnes ont témoigné de la présence de Mariam. Bardey nous assure qu'elle habitait sous le même toit que Rimbaud et que celui-ci, qui logeait d'abord chez eux à Aden, avait loué pour vivre avec elle une maison particulière. Or cette information coïncide bien avec les dates que nous connaissons : pendant cinq mois, de mars à août, Rimbaud avait vécu seul à Aden. En septembre, Mariam arrive, et il change de domicile. Pour Bardey, il semble que les relations sexuelles qui pouvaient unir Rimbaud à Mariam n'aient fait aucun doute. « L'union fut intime », dit-il dans une lettre à Berrichon, le 10 juillet 1897. Toutefois, une semaine plus tard, il modère le ton assuré de ce premier renseignement : « Je ne connais rien des sentiments intimes que Rimbaud avait pour cette femme. Je sais qu'il était bon avec elle et avait demandé à la bonne de ma femme [*notons que Bardey était marié alors et non pas célibataire, comme certains l'ont cru...*] de lui apprendre quelques travaux de couture. » Bardey s'exprime avec la prudence honnête qui caractérise l'ensemble de son journal *Baar Adjam*. Il nous montre la sollicitude de Rimbaud à l'égard de l'étrangère. Cette sollicitude sera confirmée par quelqu'un qui, selon toute vraisemblance, put constater tout à loisir la qualité de leur entente domestique. Il s'agit de Françoise Grisard, la bonne d'Alfred Bardey. Elle allait presque tous les dimanches chez Rimbaud, racontera-t-elle à Berrichon. Rimbaud n'était pas causant, mais il avait sa façon d'être avec Mariam : « Il voulait l'instruire – précise Françoise Grisard – et avait l'intention de la mettre quelque temps chez les sœurs, à la mission du père François. » Le même témoin nous renseigne sur les habitudes du couple. « Ils sortaient le soir et Rimbaud s'était attaché à ce qu'elle s'habille à l'Européenne. » Mariam « fumait la cigarette », précise Madame Grisard. Il semblerait que la domestique des Bardey ait été suffisamment dans les confidences de Rimbaud, pourtant peu loquace, pour apprendre de lui qu'il souhaitait se marier avec cette femme et projetait de retourner avec elle en Abyssinie – ce qui, par la suite, ne l'aurait pas empêché de revenir en France, peut-être définitivement. À l'évidence, cette dame Grisard n'avait nul intérêt à mentir. Mais il lui arrivait d'interpréter les faits au-delà de la plus élémentaire circonspection. C'est ainsi qu'elle confiera que Rimbaud préparait un livre, écrivait des vers, alors que, sans doute, il s'occupait simplement à sa correspondance commerciale. Berrichon s'emparera de son témoignage avec une grande avidité, ce qui lui permettra de parfaire le portrait d'un Rimbaud rentré dans « le sentier de l'honneur ». Deux pages avant de conclure son *Jean-Arthur Rimbaud* publié aux éditions du Mercure de France en 1897, il insiste sur le caractère exemplaire du personnage : « Rimbaud fut, en Aden, vu l'époux attentif d'une Abyssine éduquée par ses soins, intellectuellement et moralement, selon son sexe. » Tout cela pour faire taire de désobligeantes rumeurs déjà répandues sur le poète, des « légendes de langueur perverse et native », dit-il dans son style contourné de littérateur décadent...

Françoise Grisard, témoin visuel décidément attentif, s'est même donné la peine de décrire l'Abyssine : « Elle était grande et très mince ; une assez jolie figure ; des traits assez réguliers ; pas trop noire [...]» On ne peut que souligner les termes modérateurs d'un tel portrait, les « assez », les « pas trop ». Évidemment, à son goût, Mariam n'avait rien de la belle Européenne. Madame Grisard lui accorde des qualités, mais la couleur de sa peau choque décidément cette Française de la grande époque coloniale pour qui les Africains sont tous des nègres. Rimbaud lui-même les traitera ainsi, tout en prenant bien soin de dire que ses compatriotes ne valent guère mieux. Rimbaud à Harar était en plein « livre nègre », avec les vrais ! à cette différence près que les Abyssins sont, en fait, d'une race différente et que la couleur de leur peau tire sur le brun rouge, couleur de feu, comme l'indique le nom d'*Aitiopés* que leur avaient attribué les Grecs de l'Antiquité. Il n'empêche que le *Cantique des cantiques* voyait dans la reine de Saba venue de ces contrées une Noire : « *Nigra*,

118

sed formosa » : « noire, mais belle ». Mariam était sans doute plus noire que la Jeanne Duval de Baudelaire. Une photo la montre, dans l'ouvrage d'Ottorino Rosa, *l'Impero del Leone di Giuda* [*L'Empereur du Lion de Juda*], publié à Brescia en Italie en 1913 et tiré à cent exemplaires. Rosa, agent de la maison italienne Bienenfield, avait vécu là-bas, (Aden, Harar, Choa) entre 1884 et 1896. Il a parfaitement connu Rimbaud, et il a donné sur lui un certain nombre de renseignements. Au bas de la photo, une note signale : « Cette femme vivait en 1882 à Aden avec le génial poète Arthur Rimbaud que son esprit d'aventure condamna à pérégriner dans le monde. » 1882. La date est sans doute fausse, puisque, cette année-là, Rimbaud était bel et bien à Aden et qu'il ne connaîtra Mariam que lors de son second séjour à Harar, en 1883-1884. Certes, cette photo déçoit (comme l'assez peu crédible image argentique d'Isidore Ducasse, la seule connue) et plus on la regarde, moins on y voit de ressemblance avec la femme décrite par Françoise Grisard. Et ceci a de quoi troubler, au point de susciter irrésistiblement la question : est-ce la même ? Car on ne remarque pas là une « assez jolie figure », même si les traits en sont assez réguliers. Le bas du visage, loin d'exprimer quelque douceur, révèle, au contraire, une certaine brutalité. Surtout – mais l'étoffe qui cache les cheveux, y est sans doute pour quelque chose – nous ne sentons pas la féminité de cet être. Nous croyons plutôt voir un homme jeune, enveloppé du tobe, la robe abyssine traditionnelle. Françoise Grisard nous avait dit que Mariam s'habillait à l'Européenne. Or nous constatons ici le contraire. Il est vrai que Rosa a pu la convaincre de revêtir l'habit national pour les besoins de la photo. La légende donnée à cette photo lui confère un caractère général : « *Donna abissina* », femme abyssine, alors que la note personnalise l'individu en question. Cependant une information supplémentaire fournie par Rosa à l'un des dédicataires de son livre assure que « dans ce temps-là », lui-même gardait la sœur [*de Mariam*] et qu'il s'en était débarrassé ensuite, « après quelques semaines » pour aller dans le port de Massaouah, plus au nord, sur la côte de l'Érythrée. Cette remarque est d'autant plus intéressante que, de son côté, Françoise Grisard, qui ne pouvait connaître alors le propos de Rosa, nous dira au sujet de Mariam : « Pendant quelque temps elle avait eu avec elle sa sœur. » Cette concordance des souvenirs de deux témoins qui, par ailleurs, s'ignoraient, assure de l'identité du personnage et tendrait à confirmer que la photo se rapporte bien à Mariam. Elle fut peut-être belle, après tout, dans ce monde d'Aden et de Harar. Mais son histoire avec Rimbaud semble avoir tourné court ; car bientôt il la renvoie d'où elle est venue. Du moins, il lui fait prendre la mer et quitter Aden sans retour. Rosa s'est « débarrassé » de la sœur. Lui, dans une lettre à Auguste Franzoj, un journaliste italien, correspondant de la *Gazette de Turin*, qui se trouvait alors sur les bords de la Mer Rouge, explique sa conduite envers Mariam en des termes qui – c'est le moins que l'on puisse dire – ne signalent aucune attention, aucune bienveillance à son égard. Ce mot, datable de septembre 1885, n'est pas à mettre au nombre des bonnes actions de Rimbaud. « Excusez-moi, mais j'ai renvoyé cette femme sans rémission. Je lui donnerai quelques thalers et elle partira s'embarquer par le boutre qui se trouve à Ras Ali pour Obock, où elle ira où elle veut. J'ai eu assez longtemps cette mascarade devant moi. Je n'aurai pas été assez bête pour l'apporter du Choa, je ne le serai pas assez pour me charger de l'y remporter. Bien à vous. » Rimbaud se montrait ainsi en affaires. Féroce ! Et il apparaît bien ici qu'il ne devait s'agir que d'une affaire. Franzoj s'était peut-être entremis pour qu'il eût cette femme, mais Rimbaud n'avait plus désormais aucune obligation envers elle. « Je n'aurai pas été assez bête pour l'emporter. » Remarquons, au passage, le futur antérieur et non le conditionnel. Est-ce Franzoj qui l'apporta ? Mais où l'apporta-t-il ? À Harar ? Est-ce vraiment de Mariam dont il est question ? Oui, il faut bien le croire, puisque Bardey, de son côté, dit qu'à ce moment, 1885, où Rimbaud allait entreprendre une expédition avec Labatut, « l'Abyssinienne, à laquelle il [*Rimbaud*] donna quelque argent, fut rapatriée quelques jours avant, convenablement ». « Je lui donnerai quelques thalers », avait écrit Rimbaud à Franzoj. Mais quel genre de sentiment pouvait l'unir à cette femme pour qu'il en parlât en ces termes : « une mascarade » ? Ce simple mot suffit pour réduire à néant toute la bienveillante affection dont on l'aurait cru capable. Un différend s'était-il élevé entre eux ? Et pourquoi cette femme, douce, aux dires de Françoise Grisard, et qui depuis deux ans avait vécu sous son toit, devenait-elle maintenant une mascarade à écarter, à chasser ? Qu'avait-elle sur ou sous son masque ? De quoi voulait-elle donner le change ? Certes, à ce moment la réalité du Rimbaud homosexuel prend de nouveau consistance. Mariam, servante-concubine, aurait proposé un leurre aux yeux des Musulmans comme à ceux des Européens. Tout le monde s'y serait laissé prendre. Il lui fallait, de toute façon, une femme dans ce monde de la polygamie. Nerval, quand il était au Caire en 1843 dut se marier et pour cela acheta une belle esclave, Zeinab la « Javanaise ». Plus tard en 1911, Henri de Monfreid en Abyssinie écrira à son père que pour se plier aux coutumes il lui faut acquérir deux femmes, tout occupées à le servir et à le satisfaire. Mais Rimbaud, en fin de compte, n'avait nullement besoin de femme ; même sédentaire, il n'était qu'un voyageur en sursis. À sa décharge, on dira qu'en l'occurrence Ottorino Rosa ne se conduisit pas mieux que lui. Et à la décharge de Mariam on pensera qu'elle ne fut qu'un instrument entre les mains de Rimbaud qui sciemment voulut en faire une apparence, l'habiller et l'éduquer à l'européenne. C'est lui qui l'a transformée ainsi, comme pour se fabriquer un alibi, à moins qu'il n'ait cru quelque temps, qu'au terme de cette métamorphose, elle pourrait devenir la femme « présentable » qu'il souhaitait produire aux yeux de tous. Quant à leurs relations sexuelles éventuelles, on se prononcera encore moins sur elles que sur celles qui purent rapprocher Loti de Madame Chrysanthème !

Un dernier point reste à considérer concernant cette Mariam. Françoise Grisard prétend, en effet, que Rimbaud aurait voulu se marier avec elle. Peut-être la servante des Bardey confond-elle dans sa mémoire la présence de Mariam et l'intention effective qu'avait Rimbaud de prendre femme. En tout cas, dès 1883, aux alentours de son second séjour à Harar, c'est-à-dire avant d'être revenu d'Aden où Françoise Grisard fera son ménage le dimanche, il avait déjà écrit dans une lettre aux siens datée du 19 mars 1883 : « Je voudrais faire rapidement en quatre ou cinq ans, une cinquantaine de mille francs ; et je me marierai ensuite. » C'est la première fois qu'il parle de mariage ; mais il y revient deux mois plus tard, le 6 mai. Chaque fois, son type de raisonnement est le même ; je vais gagner de l'argent, et ces économies me fourniront des rentes acceptables qui me permettront d'avoir une épouse. Il voudrait rentrer dans le rang, en somme. C'est ce qu'a imaginé, non sans ingéniosité, Dominique Noguez dans ses *Trois Rimbaud*. Seulement beaucoup d'indices permettent de dire que Rimbaud n'en serait quand même pas venu là. Pourquoi commence-t-il à parler mariage ? Eh bien ! je ne pense pas que ce soit dû à sa propre initiative. On doit bien concevoir, en effet, que toute une partie de son courrier nous manque : les lettres de sa mère et de sa sœur, qu'il n'a pas conservées. Or souvent ses propres lettres sont

des réponses à ces dernières. En 1883, il semblerait qu'un parti se soit présenté pour Isabelle qui
allait sur ses vingt-trois ans. D'où les conseils que
se permet de lui prodiguer Arthur, par l'intermédiaire de Madame Rimbaud à qui il s'adresse
en priorité : « Isabelle a bien tort de ne pas se
marier si quelqu'un de sérieux et d'instruit se
présente, quelqu'un avec un avenir [...] La solitude est une mauvaise chose ici-bas. » Ce cœur
dur, ce « sans cœur », atteint des moments de
lassitude où il n'en peut plus. On comprend, à ses
côtés, la présence, même illusoire, même « pour
voir », de Mariam. « Pour moi – écrit-il encore –,
je regrette de ne pas être marié et avoir une
famille. Mais, à présent, je suis condamné à
errer. » Tout indique, bien entendu, que c'est de
son propre chef qu'il s'est ainsi condamné ; mais
il préfère laisser croire qu'il subit, qu'il est voué à
une éternelle peine. De là l'ambiguïté de ce
mariage évoqué. Il souhaiterait se marier, mais
il ne le peut pas, et s'il ne le peut pas, c'est en
raison d'une sorte de fatalité. Or cette fatalité,
c'est lui-même qui l'a organisée à son insu, elle
ne vient pas d'une cause extérieure. Faut-il
croire, en fin de compte, ces projets matrimo-
niaux ? Encore une fois ils apparaissent comme
un alibi ; mais leur existence est indéniable,
et ils se répéteront en des périodes précises :

1883-1884, (donc, la période où Mariam vit avec lui) et 1890-1891, où ils prennent une particulière acuité. Tout cela, évidemment, ne saurait remettre en cause le Rimbaud homosexuel, tel qu'on en accepte communément l'image. Après tout un mariage n'a jamais prouvé grand-chose : voyez Oscar Wilde, Gide et combien d'autres. Et l'on sait que le dessein de Rimbaud consistait moins à chérir une femme qu'à avoir un fils pour donner en quelque sorte une incarnation à ses propres rêves et devenir, par personne interposée, un « ingénieur renommé, un homme puissant et riche par la science ».

Presque un an plus tard, le 29 mai 1884, il évoque encore sa destinée. Rappelons qu'il est alors rentré à Aden et que la femme abyssine s'apprête à le rejoindre. D'elle, bien sûr, il ne souffle mot. Mais il écrit aux siens, en pensant aux deux années à venir, quand il aura 32-33 ans : « Je commencerai à vieillir. Ce sera peut-être alors le moment de ramasser les quelque vingt mille francs que j'aurai pu épargner par ici, et d'aller épouser au pays, où on me regardera comme un vieux et où il n'y aura plus que des veuves pour m'accepter ! » Encore une fois, du fond de sa solitude, il force la note, comme si à 32-33 ans un homme était fini ! alors qu'il était

bien vu, au contraire, pour une femme de prendre un époux plus âgé, comme l'avait fait
Madame Rimbaud, puisque plus de vingt ans
d'âge la séparaient du capitaine son mari. Et
l'on entend là aussi l'attachement de Rimbaud
au foncier : « aller épouser au pays ». « Paysan ! »,
marmonnait-il dans *Une saison en enfer*. Malgré
le vieillissement, il n'a pas changé : il aurait
tourné vingt fois autour du monde, qu'il lui
faudrait encore ce trou de Roche avec ses
vachères en caoutchouc aux pieds et ses veuves
noires qui moisissent sur leur lopin de terre.

Le 30 décembre 1884, on reparle mariage. Je
dis « on », puisqu'il s'agit, encore une fois, de
répondre aux siens : « Comme vous le dites, je ne
puis aller là-bas [*c'est-à-dire à Roche*] que pour
me reposer ; et pour se reposer, il faut des rentes ;
pour se marier, il faut des rentes. » Depuis dix
ans, l'une des clefs du monde pour lui, j'entends
du monde bourgeois, ce sont les rentes. Autour
de lui, à Roche, à Charleville, il a vu les gens
s'épuiser dans le travail. Les rentes forment à ses
yeux une sorte de paradis évidemment inattei-
gnable. Il aurait dû penser, pauvre Rimbaud !
qu'on est rentier à l'origine, qu'*on naît rentier*,
et que l'opération qui consiste à vouloir le devenir équivaut à la plus fantasque des chimères. En
tout cas, dès ce moment-là, Rimbaud rentre

dans l'erreur que dénonçait avec tant de vigueur *Une saison en enfer* : les femmes aujourd'hui « ne peuvent plus que vouloir une position assurée ». Or le voici prêt à leur en assurer une.

En ce décembre 1884 où Mariam est à côté de lui, il fait ouvertement ses comptes pour sa mère et pour Isabelle : « J'ai à présent treize mille francs. Que voulez-vous que je fasse de cela en France ? [*C'était pourtant une certaine somme, presque quatre cent mille de nos francs !*] Quel mariage voulez-vous que ça me procure ? » Il ne conçoit naturellement pas le mariage comme un choix d'amour, mais comme un acte économique, sans d'ailleurs compter sur la moindre dot d'une éventuelle compagne. Mais il va envisager aussi un autre type de femme, exactement comme dans la *Saison*. Simplement, ici, ce ne sont plus les « bonnes camarades », mais les femmes honnêtes : « Pour des femmes pauvres et honnêtes, on en trouve par tout le monde. » Pense-t-il à Mariam, qui certainement était pauvre, mais plus certainement apparaissait comme l'objet d'un trafic, une concubine fournie par Franzoj ? Rimbaud n'insiste pas. Ce n'était pas dans ses habitudes. Il se contente de marquer l'impossibilité dans laquelle il est pris, de son propre fait, par sa nature. « Puis-je aller me marier là-bas et néanmoins je serai toujours forcé de voyager pour vivre ? » Toute la force de la phrase tient dans ce « néanmoins », par lequel s'exprime la tension entre le foncier, Roche, les fonds glaiseux, glébeux, et l'erratique, vitesse ou fuite, voire dérobade accélérée pour échapper à l'inévitable que, sans doute, quelque part, les mères, les femmes détiennent dans leur « à demeure », dans leur *utérinité*. Il ne veut donc pas renoncer à ses voyages... il en a d'autres en vue peut-être. « Il y a une chose qui m'est impossible, c'est la vie sédentaire », ajoute-t-il. La vision d'un Rimbaud installé à Roche ne tient pas. Avoir une compagne et peut-être des enfants figure au nombre de ses préoccupations d'ordre pratique. À cette époque, par exemple, il n'y avait en France que 10 % de célibataires parmi les hommes de plus de cinquante ans... Ce n'est visiblement pas l'affectif qui lui importe. Autour de lui, du reste, ils n'étaient pas rares, les Européens à avoir pris femme, certains avec ces belles Éthiopiennes élancées dont tous s'accordaient à reconnaître la beauté. Bardey était installé à Aden avec son épouse. Labatut, depuis longtemps à Ankober, s'était uni avec une Abyssine, celle qui, veuve, allait donner tant de fil à retordre à Rimbaud en 1886 en réclamant l'héritage du défunt ; Antoine Brémond « allaitait ses nourrissons » à Alin Amba, et bientôt Savouré

129

allait venir à Harar avec une Blanche (ce sont les propos de Sotiro), ce même Savouré qui, un an plus tard, quand Rimbaud agonise à Marseille, lui écrira pourtant : « Tout le monde amène des femmes, il ne reste plus que vous et moi à marier. Mashkoff est là avec une femme. Il y a encore cinq ou six autres femmes plus ou moins blanches. » Dans une telle ambiance « coloniale » (le mot demanderait à être réajusté), Rimbaud pouvait souhaiter non pas se ranger, mais, étant donné les soins qu'exigeait son ménage, concéder à une certaine forme de nécessité domestique. C'est l'amour « positif » auquel il avait songé en 1871 aux dires de Delahaye. Le mot amour est, au demeurant, excessif ; car l'amour n'apparaissait plus dans sa vie depuis longtemps, il était un homme sans amour, lui qui pourtant (je cite *Génie*) « nous a tous aimés ». Le désir de se marier qu'il manifeste en 1890 répondait donc à un état de vie harari. Chaque agent commercial se mettait en ménage avec une épouse ou une concubine. Jusqu'à maintenant, Rimbaud avait eu pour serviteur le jeune Djami qu'il avait déjà emmené au Caire en 1887, comme le prouve le fameux passeport qui lui fut délivré en cette vie et qui, il y a moins d'une décennie, s'est vendu pour plusieurs centaines de milliers de francs à l'Hôtel Drouot. Djami en

1890 est toujours là, mais il vient de se marier, et sa femme attend un enfant. Il apparaît donc qu'en ce mois de novembre 1890, Rimbaud serait disposé, malgré tout, à prendre une compagne, une Blanche plutôt. L'expérience avec Mariam ne lui avait rien valu, en effet ; il va jusqu'à préciser à sa mère, comme pour une véritable agence matrimoniale, que si l'on demande des informations à son sujet, on n'obtiendra que de très élogieux renseignements : « Avis aux amateurs ! »

Pourtant, le prochain printemps, celui de 1891, le voit revenir épuisé, malade, atteint profondément dans sa chair et déjà otage de la mort. On sait l'avancée foudroyante de ce mal au genou dont il subira la première atteinte en février 1891 et qui se révèle être un cancer des os. Amputé à Marseille en mai 1891, il ne s'imagine pas cependant faisant une fin en France. Sa résolution est sans appel : « Je vivrai toujours là-bas, tandis qu'en France, hors de vous, je n'ai ni amis, ni connaissances, ni personne. » Personne à ce moment pour s'aviser qu'il est là, dans le plus grand isolement, alors même que quelques jeunes gens, dont Claudel, ont été proprement éblouis par la lecture des *Illuminations* publiées dès 1886 dans *La Vogue*. Mais nous savons trop bien que la reconnaissance littéraire n'a rien à voir avec l'amour. D'ailleurs Rimbaud ignorait la redécouverte qu'on avait faite de lui. L'aurait-il su qu'il n'y aurait pas trouvé l'affection qu'il avait toujours attendue et qu'il ne reçut jamais. Aussi, le 10 juillet 1891, il fait le bilan de sa vie. Il trace un trait sous tous ses actes, comme un commerçant établit ses comptes. « Et moi qui justement avais décidé de rentrer en France cet été pour me marier ! Adieu mariage, adieu famille. » Comment nier l'espèce de fatalité qui l'a réduit à néant ? Car il est bien vrai qu'en août 1890 il avait pris une décision, à un moment où son corps était encore vigoureux et ne souffrait apparemment d'aucun mal. Mais tout s'est ligué pour qu'il ne rencontrât que l'impossibilité, l'*invalidité*. Comme s'il n'était pas dans l'ordre de sa vie que le mariage y intervienne.

Le mois de juillet 1891 passé à Roche est terrible, désespéré et le dernier voyage en catastrophe pour redescendre à Marseille frôle l'hallucination de la plus grande douleur. Comme pour le narguer, durant le trajet en train qui le mène d'Amagne à Paris, il a sous les yeux devant lui, dans le compartiment bondé, un couple de jeunes mariés. Son rêve d'un moment ! Mais on peut tout aussi bien estimer qu'il aurait toujours pris soin de fuir une telle situation. « Quant au bonheur établi,... non je ne peux pas », disait-il dans *Une saison en enfer*. Il lui revenait d'avoir un cancer, comme il revenait à Mallarmé d'étouffer d'un spasme de la glotte, et c'était le travail de l'impossible qui se frayait un chemin dans son corps jusqu'à le détériorer de fond en comble. Verlaine, avant même que Rimbaud ne subisse une telle épreuve, avait parlé, dès 1884, de « poète maudit ». Il ne faut certes pas croire à une quelconque malédiction. Ce serait réserver une part trop belle à la métaphysique. Mais puisqu'il est question d'un *dit* mauvais qui frappe en retour, on pourrait avancer que Rimbaud, faute de s'être toujours lié à une diction moyenne, a laissé place aux forces négatives avec lesquelles un corps humain doit toujours composer.

Pendant les derniers mois, il y a cependant une femme qui veille à son chevet, la toute présente Isabelle. Ainsi le cercle s'était bouclé de la façon la plus simple, sans la moindre surprise. Rimbaud, le refermant, n'avait intégré personne. Pas d'anneau, mais l'annulation. On revenait aux figures du départ : la mère, la sœur. Il avait pourtant prononcé dans les derniers temps le nom de Djami avec sollicitude. Préoccupé de l'avenir de ce jeune serviteur, il avait souhaité lui léguer une importante somme d'argent. Mais à part lui, personne. À Marseille, Rimbaud s'avance peu à peu, immobile, vers sa mort, cet autre qu'il portait en lui. Il l'avait déjà vue comme telle sous la lumière de l'évidence, en 1871 :

> Alors, et toujours beau, sans dégoût du cercueil
> Qu'il croie aux vastes fins, Rêves ou Promenades
> Immenses, à travers les Nuits de Vérité
> Et t'appelle en son âme et ses membres malades
> Ô Mort mystérieuse, Ô sœur de charité.

Pour ceux qui cherchent les prémonitions dans l'œuvre (comme Isabelle aimera en relever), ces « membres malades » qui décrivent très exactement l'état d'*asthénie* quasi complète dans lequel il se trouvait, rentrent dans le registre des plus étonnantes coïncidences. Et j'aime pareillement, pour leur résonance avec la vie, ces « Promenades immenses » qu'il fit vraiment, avant le grand saut un certain matin de novembre. À son chevet où passaient les religieuses de l'hôpital de la Conception, il n'y avait qu'Isabelle ; puis vint celle qui ressemble à chacun de nous, en son fond le plus vrai, la Mort. Dans la trinité réestimée par Freud : mère, épouse et mort, il avait manqué à Rimbaud la seconde femme. Il devait se rendre maintenant à la dernière, « notre active fille et servante » – avait-il écrit dans *Ville*.

La vie de Rimbaud et tout ce qu'il écrivit tournent autour d'une absence. La référer à la femme serait évidemment de l'ordre de la provocation. Mais il convient de poser une place vide où s'engouffra son désir, et ne pas voir que ce désir comporta plus d'une image féminine serait en méconnaître l'étoffe.

Les réflexions précédentes, loin de vouloir normaliser Rimbaud rebelle de toute éternité, le montrent pris, par quelque côté, dans le courant des nécessités humaines. Ce contempteur eut besoin d'amour. Ce déchireur fit plus d'une fois confiance à la beauté. Sa révolte, qui nous est chère, n'est pas un simple refus ; son homosexualité ne forme pas l'unique chiffre de son rapport à l'autre, et le profond mystère pour tout homme du corps féminin, de ce signifiant-là, ne fut pas relégué par lui dans une étrangeté radicale. Rimbaud n'aurait pas été lui-même s'il n'avait su, avec une intensité particulière, dire les déserts de l'amour, aussi manifestes que la « vraie vie » qui, pour être « ailleurs », n'en persévère pas moins, de seconde en seconde, à nous faire signe.

Bibliographie sommaire

1888 - Paul Verlaine, « Arthur Rimbaud », *les Hommes d'aujourd'hui*, t. VIII, n° 318. On trouvera les autres témoignages de Verlaine dans le volume des *Œuvres complètes en prose*, Bibliothèque de La Pléiade, 1972.

1897 - Paterne Berrichon, *la Vie de Jean-Arthur Rimbaud*, Mercure de France.

1913 - Ottorino Rosa, *l'Impero del Leone di Giuda – Note sull'Abissinia*, Brescia, Langhi.

1920 - Isabelle Rimbaud, *Mon frère Arthur*, C. Bloch.

1924 - Jean-Marie Carré, « Les souvenirs d'un ami de Rimbaud », (Louis Pierquin), *Mercure de France*, 1er mai.

1906-1925 - Les textes d'Ernest Delahaye sur Rimbaud publiés durant cette période dans diverses revues et livres ont été recueillis et commentés par A. Gendre et F. Eigeldinger dans *Delahaye témoin de Rimbaud*, Neuchâtel, La Baconnière, 1974.

1935 - Ex-Madame Verlaine, *Mémoires de ma vie*, Flammarion.

1939 - Henri Matarasso et Pierre Petitfils, « Nouveaux documents sur Rimbaud » (lettres de Bardey et Berrichon), *Mercure de France*, 15 mai.

1956 - Suzanne Briet, *Rimbaud notre prochain*, Nouvelles Éditions latines.

1972 - *Études rimbaldiennes*, n° 3.

1976 - Alain Goldie, « À la recherche de Psyché », *Rimbaud vivant*, n° 10.

1979 - Alain Goldie, « La Fille aux yeux violets », *Rimbaud vivant*, n° 17.

1980 - Alfred Bardey, *Baar-Adjam*, éd. du CNRS.

1984 - André Guyaux, « Noms de femmes », *Parade sauvage*, n° 1, octobre.

1986 - Dominique Noguez, *les trois Rimbaud*, éd. de Minuit.

1991 - *Europe*, n° Rimbaud, juin.
- Alain Borer, *Rimbaud d'Arabie*, éd. du Seuil, coll. « Fiction & Cie ».
- Arthur Rimbaud, *Œuvre-Vie*, Arléa.
- *Cahier de L'Herne* (sous la direction d'A. Guyaux).

1997 - Philippe Sollers, *Studio*, Gallimard.

1998 - « J'arrive ce matin… », *l'Universo poetico di Arthur Rimbaud*, collectif, par les soins de Giuseppe Marcenaro et Piero Boragina, Milan, Electa.

1999 - Steve Murphy, introduction et notes à l'édition critique des *Œuvres complètes (I. Poésies)*, H. Champion, « Textes de littérature moderne et contemporaine », n° 36.

TABLE

Cet ouvrage a été composé en Bodoni corps 11
par les Ateliers Graphiques de l'Ardoisière
à Bègles.
Il a été reproduit et achevé d'imprimer
par l'Imprimerie Floch à Mayenne
le 10 avril 2000
pour le compte des éditions Zulma
32380 Cadeilhan.

Dépôt légal : avril 2000
N° d'édition : 094 - N° d'impression : 48552
ISBN : 2-84304-094-9
Imprimé en France